破局

何权峰 著

青岛出版集团 | 青岛出版社

本书中文简体字版经北京时代墨客文化传媒有限公司代理，由作者授权在中国大陆出版、发行

山东省版权局著作权合同登记号图字：15-2023-166

图书在版编目（CIP）数据

破局/何权峰著. —青岛：青岛出版社，2024.4
ISBN 978-7-5736-1742-2

Ⅰ.①破… Ⅱ.①何… Ⅲ.①散文集－中国－当代 Ⅳ.①I267

中国国家版本馆CIP数据核字（2023）第221926号

书　　名	POJU 破　局
作　　者	何权峰
出版发行	青岛出版社（青岛市崂山区海尔路182号）
本社网址	http://www.qdpub.com
邮购电话	18613853563
责任编辑	李文峰
特约编辑	侯晓辉
校　　对	李玮然
装帧设计	蒋　晴
照　　排	梁　霞
印　　刷	唐山市铭诚印刷有限公司
出版日期	2024年4月第1版　2024年8月第2次印刷
开　　本	32开（880mm×1230mm）
印　　张	7
字　　数	112千
书　　号	ISBN 978-7-5736-1742-2
定　　价	39.80元

编校印装质量、盗版监督服务电话 4006532017　0532-68068050

自 序

每个人都想活出自己，但你真的搞清楚"自己"是怎么一回事了吗？

或许，别人容易看清你，反而是你不容易认清自己、明白自己。不知你是否有这样的体会？

你在很多情况下犹豫不决，无法做出决定。

你明知不可为，仍然做出愚蠢的选择。

你一遇到困难，不是想逃避就是想放弃。

你犯了错误，也许总是为自己开脱或将其归咎于他人。

你想讨所有人喜欢，却不喜欢自己。

你期待顺心如意，却想着不如意的事。

你渴望能改变人生，现实中却一成不变。

你觉得人生的时间不多了，却停止不前。

你听过"毒蝎子过河"的寓言故事吗？青蛙背着蝎子渡河，途中蝎子移动尾巴，试图用毒针刺青蛙。青蛙大叫："你为什么要用毒针刺我？我要是死了，你也会没命的。你又不会游泳，为什么做这么愚蠢的事？"

蝎子回答："我不知道。我也无法控制自己。"

你有多少次明知道自己不应该这么做，但就是控制不住自己？我们控制不住自己的情绪，控制不住自己的欲望，控制不住坏习惯……有多少回，你因某事而发怒，做出一些伤人又伤己的事。于是你暗自下定决心：以后我再也不要这样生气了。然而没过多久，你又再度生气，还气自己为什么生气，气别人惹你生气。你如今能够掌控自己的情绪了吗？

人们总是把和自己作对或伤害自己的人当作敌人，我们"内部"的敌人是自己负面的性格，挥之不去的阴影——愤怒、懦弱、贪婪、怠惰、拖延、悲观、憎恨、自卑、恐惧……这些敌人总会不定时地轮番跑出来作乱。这些敌人从早到晚、从生到死都在干扰我们、阻碍我们、打击我们、控制我们，这种"无法自控"才是我们真正的敌人。

一位君王说："我能征服帝国，却不能征服我自己！"印度的甘地也说过："人的一生，最大的与最艰苦的战争，都是与自己的战斗。"

古往今来,有多少英雄豪杰能战胜自己的对手,却因不能战胜自己的种种弱点而最终败在自己的手里。人生的挑战说穿了都是挑战自己,即便赢得了全世界也先别高兴,因为你很可能会输给自己。

"活出自己"的最大障碍正是"自己"。你只要征服了自己,打破了自我设限的困局,就没有人能够阻碍你。

名人的破局

拿破仑·希尔（Napoleon Hill）
美国作家

我们唯一的局限，是在自己的头脑中设定限制。

阿图尔·叔本华（Arthur Schopenhauer）
德国哲学家

世界上最大的监狱，是人的思维意识。

曾国藩

晚清政治军事人物、湘军首领

人才不遭遇困厄则不能激发潜力，不心存戒惧深怀忧虑则不能发达。

稻盛和夫

日本著名实业家、企业家

越难，越要有破局思维。

俞敏洪
新东方教育集团创始人

人与人之间的不同就在于面对同样的困境,你有什么办法去改变,而不是纯粹被动接受或者唉声叹气。

埃隆·马斯克(Elon Musk)
特斯拉创始人兼首席执行官

如果规则是这样的,你却不能取得进展,那么你就必须对抗规则。

目录

第一章
别让自己的无能，限制你所能

第一节　你是"不为"，还是"不能"？——自我设限 / 3

第二节　要小心，你所预言的很可能成真——自证预言 / 9

第三节　为什么明知道却做不到？——软弱与借口 / 14

第四节　只要有一次破例，就有第二次——拖延症 / 19

第五节　怪兽与它们的产地——内心恐惧 / 25

第二章
困在这种心态中，你会困在悲惨里

第一节　都是别人的错害得我——受害者心态 / 33

第二节　一心要除魔的人，最易着魔——怨恨与报复 / 38

第三节　令你痛苦的，是你对事情的看法——负面诠释 / 44

第四节　头号情敌是自己——错误的期待 / 49

第五节　如何做正确的决定？——犹豫与后悔 / 54

第三章

你不做自己，要叫谁来做

第一节　你不喜欢自己，谁会喜欢？——不接纳自己 / 63

第二节　走自己的路，让别人去说吧——太在意别人 / 68

第三节　别拿别人的价值当自己的——自贬身价 / 74

第四节　别人怎么对你，都是你教的——没原则底线 / 80

第五节　你不做，要叫谁来做？——不做自己 / 86

第四章

用心避免的，会落入一心想避免的

第一节　专注不想要的，就无法得到想要的——聚焦问题 / 93

第二节　出现问题大多是耐性不够，而不是时间不够——不耐烦 / 98

第三节　为什么这种事一再发生在我身上？——人生课题 / 104

第四节　最严重的事是凡事看得太严重——小题大做 / 110

第五节　你总是"想太多"吗？——反刍思考 / 115

第五章
未提升的人性,是最大的不幸

第一节　永远不要从别人的口中去认识另一个人——说人是非 / 123

第二节　这世上有一种东西有百害而无一利——爱发脾气 / 129

第三节　受不了气,成不了大器——打击与伤害 / 135

第四节　世界上最浪费时间的两件事——担心与抱怨 / 141

第五节　心态决定一个人的状态——敷衍怠惰 / 146

第六章
正视弱点,迎向转折点

第一节　如果你都怀疑自己,谁会相信你?——没自信 / 155

第二节　如果不试,怎么知道不行?——不敢冒险 / 161

第三节　等我们觉察时,大多早已根深蒂固——坏习惯 / 166

第四节　真正让人无法相处的原因——自以为是 / 172

第五节　看清别人易,认清自己难——不反省改过 / 177

第七章
你自己要好，这世界才会更好

第一节　这辈子就只能这样——倦怠和无奈 / 185

第二节　这是个问题，还是个机会？——悲观消极 / 191

第三节　等以后，生命已经过去——错过人生 / 197

第四节　人的不幸就在于不知自己幸福——不满足 / 203

第五节　人会受苦的最大原因——抗拒真相 / 208

第一章

别让自己的无能，
限制你所能

PART 1

第一节
你是"不为",还是"不能"？——自我设限

孩子在浴缸里注满了水,将鱼缸里的鱼儿放了进去,转身去清洗鱼缸。孩子刷干净鱼缸后返回浴室,他惊讶地发现,纵使整个浴缸可以供鱼群悠游,鱼群却缩在一块恰如鱼缸大小的水域。浴缸里没有任何限制,也没有任何东西阻挡,为什么鱼儿不敢自由自在地游呢?

我曾看过一项心理实验,是关于信念局限性的有趣研究。研究人员在长方形水族箱的中央放置了一块玻璃隔板,每次金鱼想要游过隔板的时候就会撞到头。数次之后,金

鱼适应了只待在水族箱的一边了,免得撞头。后来即便研究者拿开了玻璃隔板,金鱼也不再想去水族箱的另外一边了。水族箱里的玻璃隔板没有了,思维却把它们限制住了。

很多限制都是从自己的内心开始的

请你认真审视一下,自己是否也受制于类似的枷锁?

常听有人说:"不可能的,我学历那么低,怎么会有公司雇用我?""我长得不够漂亮,他怎么会喜欢我?""我没有人脉,怎么推销业务?""我没办法好好沟通,因为一向跟他们处不来。""没办法,我本性就是这样。"我们往往在自己的心里设置了一道坎儿,阻挡着自己前进,这就是所谓的"自我设限"。

很多限制都是从你的内心开始的,如"这事我做不好""我不行""我无法完成""我办不到";你可能还会有这样的想法,如"我天生就是不会""我不擅长音乐""我对于运动没天分""我不是读书的料""我不够聪明""我不善交际""我记性不好""我还太年轻""我年纪太大了""我就是这样的人"……这些内心独白的杀伤力惊人,它们限制了你对自己的看法，压制了自己的潜力。人若抱有这种心态，等于是扼杀了机会与可能。

马戏团有个广为人知的训练大象的方法：驯兽师会先将接受驯养的大象用铁链拴于木桩上。起初大象会试着挣扎逃脱，当它发现徒劳无功之后，便只能接受现状。而后，驯兽师仅以一条细绳便能控制大象。即便它的力气足以挣脱细绳得以逃脱，却从不会再尝试，因为大象已认定自己无法脱身。

那束缚着自己的东西，通常就是自己。我们原本都有自己想做的事，但在局限思维下，这些事往往变成了想都不敢想的事，以为自己只能这样了。

如果连自己都认为做不到某件事，那就肯定做不到

你是"不为"，还是"不能"？你想想看。

你究竟是真的没办法，还是暂时没想出办法？

你是真的无法完成，还是未尽全力？

我有一位朋友，他是一位杰出的零售商。好几年前，我去拜访他，他带我到他的几家超市参观。在他开车回家的路上，我问了他一个问题："你从原本只有一家店面，现如今扩充到上百家分店，是如何办到的？"

他回答："我相信自己可以办得到！"

朋友进一步说明："很多人都习惯于只看自己'办不到的部分'，缺乏信心就难以有所突破。我和其他人稍微有一些不同——我会刻意选择不去注意自己办不到的部分，这样就会想尽各种办法去解决面临的困难或危机。"

办不到不是问题，你认为"自己办不到"才是真正的问题。是啊，你一旦认为自己不行，也就限制了自己的行动，不去想如何解决问题。相反，若你相信自己一定可以，就有可能找出可行的方法。

很多人听过澳大利亚演讲家尼克·胡哲的故事。他天生没有四肢，却坚持不让自己的人生因此受限——他不去想自己不能做什么，而是去想自己能做什么。如今，起居饮食、写字、用电脑，甚至游泳对他来说都不是问题；他还拥有会计及金融学位，开办了公司，出版了著作，到访过五大洲近六十个国家，举行过近千场演讲，影响了无数人。

引用爱迪生的一句话："如果我们做出所有我们能做的

事情，我们毫无疑问地会使自己大吃一惊。"人要去尝试做他原本认为自己不可能做到的事。如果你都认为自己做不到，那就肯定做不到。

破 局

你把"我不能"这句话,改成"我试试看"。

你若想成功就需要尝试,实现理想需要尝试,个人的成长和突破更要尝试,勇敢地尝试是成功的一半。你如果试都不试,那么注定要失败。

你不要说"我做不来",而是要问自己"我怎样才能办得到"。

前者是在找借口,后者则是在找方法。前者令你寸步难行,后者则会让你不断进步。

你问自己:如果必须办到,你会怎么做?

你要突破内心的自我设限,向自己发起挑战!当然,挑战是困难的,但越困难,就表示你在突破自己,表示你会变得越来越强。

第二节
要小心，你所预言的很可能成真——自证预言

有一个人参加工作多年，但他清楚那个工作并不是自己想要的。他既不敢改变现状，也没有勇气转行，无力地说："我没有选择！"

我笑答："是的，你没有选择！"

我说的是真的。如果你认为自己别无选择，这想法就可能会让你别无选择。

你相信自己做得到，是对的；你相信自己做不到，也是对的。

你认为人性本善，是对的；你认为人性本恶，也是对的。

破　局

　　你认为自己怎么努力也没用，社会不公，怀才不遇，所以一事无成，是对的；你相信天生我材必有用，不断努力拼搏，总有一天会梦想成真，也是对的。

　　你认定事实是什么，便会替自己在潜意识里找到"证据"，在不经意间使自己的"预言"成为现实，这就是所谓的"自我实现预言"。

　　一个人说"我很倒霉"，在这种负面的心态下，他就会特别关注一些不顺心的事，便验证了这个自我预言。而另一个人认为"我很幸运"，通过这种正面的心态又会验证自己的预测，即"好事总发生在自认为好运的人身上"。

　　在生活中常有这类事例：你预测上台做报告时会很紧张，结果一上台果真结结巴巴的，证明了你的预测。有人觉得自己文笔差，抗拒写作，最后写出的文章果然了无新意，于是就会说："我早说过了吧，我就是不会写作！"

　　在人际交往中，你是否常听到"他对我有偏见""他老是和我作对"等这样的抱怨呢？我们认为某人对自己"不怀好意"，自然就会对其看不顺眼。

　　教育研究也证实，例如：学生自认为愚笨，其学习成绩也将日渐下滑。教师的预期也会影响其对学生的态度，并影响学生的自信、自尊与自我价值的实现，这就是"皮格马利翁效应"。

再如，在既定的印象中，人们认为男生的数理能力比较优秀，女生则在文科方面比较擅长。其实从整体来说，男女的文理能力不相上下，只是发展时间的早晚不同，但有些人对自己的看法已固化了，便"自验预言"。

孩子被赞美得多，表现往往越好；孩子被批评得越多，表现往往会越差，就是这个道理。孩子被冠之以某种负面评价，就好比商品被贴上了劣质的标签，会使其贬低自我价值，逆向发展，同时强化了负面评价，形成恶性循环。

要小心，你所预言的很可能成真

一个思想消极的人，实际上是在进行自毁。觉得自己不幸的人很难快乐，因为就算有好事发生，他的心里也会怀疑："我不相信有这种好事！"当有人对他好时，他会说："对方是不是有什么阴谋？"这样，他就把人推开了。若那人真的离开，他就会更加确定自己的怀疑："我就知道他是虚情假意的！"

若你用悲观的心态去看每一件事情，每天都对自己说："我是失败者！""我一事无成！""我的运气很差！"那么你的脑海里便会一直充斥着这些消极的"自我暗示"，你就会变得悲观消极、自我怀疑、踌躇不前，"预言"或许就会成真。

我听说某学校棒球队的教练是一个典型的消极人物，凡事都从悲观的角度来看待。

有一次，教练带领校队坐车到别的学校参加比赛，他一路上都在对校队成员抱怨："我们一大早就出发，坐了这么久的车，大家的肌肉都僵硬了，对方却在学校准备好了等着我们比赛——我们怎么可能打得赢他们呢？"结果，棒球队那天的比赛成绩非常差。

过了一周，另一所学校的校队要来校内参加比赛，教练又抱怨："他们一路上都养精蓄锐，个个看起来生龙活虎，我们怕是很难赢球啊！"结果，那天棒球队又输了。

在尚未开始做事之前，便认为自己会失败，那么你不用去做了！或许失败正等着你呢！

为什么自认倒霉的人坏事连连呢？为何好事总发生在自认好运的人身上呢？

因为好的预期往往会带来积极的反馈，又强化了原先预期的乐观。相反，坏的预期往往会得到坏的结果，而坏的结果又强化了原先预期的悲观。所以，我们常听到有人这么说："我早就知道！""我早有预感！""果然不出我所料！"

既然如此，朋友，为何不多给自己以及家人、学生、部下等，来一个正面的"自我实现的预言"呢？

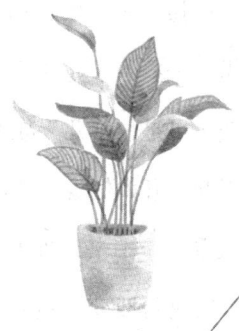

第三节
为什么明知道却做不到？——软弱与借口

"你若想做，就会立马去行动；你若不想做，也会找到一个借口。"其实，"知道"跟"做到"是两码事。

比如，很多人都知道减肥要少吃多运动，可是有几个人能做到呢？大家都知道低头看手机不好，还是经常这样做。一些人下定决心开始调整作息，不再熬夜追剧、打游戏，可是过了几天故态复萌。一些人热血沸腾地说，"从明天起，开始健身、塑形"，可是没几天又恢复了原状。一个人看了一本书、听了一堂课，便觉得豁然开朗，决定开始彻底进行改变，然后就没有再行动了。一些人连续几年都制订了新的计划,结果坚持不了多久又不了了之。

有些人为什么明明知道要这么做,却又做不到呢?

因为这些人借口太多、理由太多。人的意志力往往是薄弱的,一个人想要成功,除了要有"壮士断腕""破釜沉舟"的决心,还要有对成功的强烈渴望。它们将督促我们全力以赴,不轻易放弃。

本来就不想做,之后才想出理由和借口

常有人问我:"老师,我要怎么才能戒掉坏习惯啊?""我就是脾气大,该怎么办?""我提不起劲,有什么方法可以改善呢?"

其实方法多的是,但如果你不是真的想做,什么方法也没有用。

当非常想做一件事的时候,你就会"自动自发",不是吗?当想吃冰激凌,或想做感兴趣的事情的时候,你不会问"该怎么做"。但是在其他你不感兴趣的事情上,你会推托,会为自己找诸多阻碍的理由,因为你并不是真心想做这件事。

你会为了微不足道的理由就放弃。例如，你说要读书，却发现有人在教室里聊天，然后就不读了，并说聊天的声音使自己无法专心读书。事实上，如果你下决心读书，便会不顾这些小小的干扰。周遭的干扰反而会让你更加专心，不受到影响。

有位心理学家曾说过："无论什么事，都是先有不想做的想法，之后才想出相应的理由。"我常听学生说因为读不下书，才会上网打发时间。错！事实是因为读书累、上网有趣，所以就忍不住上网，结果没时间读书。

你每次读几页书就分神，做几道练习题就觉得乏味，开始做事就觉得倦怠，一点儿干扰就受不了……其实是你本来就想要放弃，只是为了给自己找借口而已。

做最坏的打算，期待最美好的结果

所以，请你扪心自问："我有下定决心要改变自己吗？""我是真的打从心底渴望实现这个目标吗？"

提出上述问题的原因很简单：如果你保持和以前一样的做法，得到的结果就会和以前一样。我常这样告诉学生：

"如果不改变，你们会年复一年继续像现在这样。这是你们想要的吗？"

当然，改变不能只是凭借人的意志力，方法也很重要。一项研究表明：改变需要一点点的乐观加上一点点的悲观。

首先，在纸上写下你要做的事，分析此事带来哪两个好处以及会遇到哪两个障碍。

以考取证书为例，你先想好的一面：第一个好处是为你的履历表加分，在面试时也会影响面试官对你的第一印象；第二个好处是提升你的竞争力，增加收入。

从坏的角度来看：你未来一段时间内要忙着读书和练习。此外，需要牺牲你的休闲、娱乐、交际等时间。你做好心理准备了吗？

如果你能做到上述建议，往往能得到更好的结果。

做最坏的打算，期待最美好的结果。人生不会永远如意，当困难和挫折无法避免时，你要有心理准备，而不是一开始就投降。当想要放弃时，多想想完成时的美好，你就可以坚持到底。

人生常常有两件事：借口与结果。

首先，你问问自己：你的借口是什么？

如果回答是"我办不到，因为……"，那么你的答案是什么？你写的内容就是你的借口。

接下来，把你常用的说辞和借口写下来，然后问问自己：真的是这样吗？

你所说的借口究竟是真的还是假的？你有没有试着清除这些障碍呢？有没有人像你一样面对同样的障碍，却能够成功越过呢？

最后，你问自己：若没有借口的话，你会怎么做？

第四节
只要有一次破例，就有第二次——拖延症

你是不是经常下意识地把"等我有空再做""好累啊，让我休息一下""隔一天再做也没有关系"等话挂在嘴边？计划中要读的书、要打的电话、要洗的脏衣服，或是要回的信，你总是一再拖延。

你明明工作或课业没完成多少，却不由自主地去点开社交软件、打游戏、看电视。你说："我会开始做，只要等我看完动态消息或者玩完这一局游戏或者看完这个节目……"你明明知道自己不应该拖延，可是每次都会拖到最后一刻，报告到了收缴期限才拼命赶进度，账单到额外

罚款期限才去缴,事情总是拖到紧要关头才动手,往往太迟了才会觉得后悔。如果你有以上问题,就是得了拖延症!

时间永远不够用,因为被自己耗费掉了

你为什么一再拖延?因为拖延能让你逃避你不乐意去做的事。你只要继续拖延,便会一直保持原状,也能避免问题及负担。就像给信用卡还款,在你收到账单之前,一切都很美好。

拖延为你提供了极佳的保护机制。你只要不去面对,就不会把事情搞砸,就不必怀疑自己,就可以让自己感到心安。这些自欺心理只能暂时减轻你的焦虑感和罪恶感。

如果拖延了很久,最后只剩下一点点的时间来做事情,那你就可以为自己做不好找理由,为差劲的结果辩护,如"时间太仓促了""根本来不及做"……

这种自欺欺人就是明明心里很清楚自己在逃避什么,但你就是不想面对。拖延越久,你只会越加消极怠惰,无法自拔。

这点让我感触很深。我写作时经常会面临灵感枯竭或者截稿日迫在眉睫的情况，脑海中却没有任何想法。而灵感这种东西，又是可遇而不可求的。怎么办？"先写再说。"没错，我只有先动起来，灵感才会源源不绝。

你是否观察过，那些越忙的人越有时间做更多的事，因为他们懂得有效率地利用时间；爱拖延的人才会觉得时间永远不够用，因为时间被他们的恶习给耗费掉了。

汉淮南王刘安曾说："谓学不暇者，虽暇亦不能学矣。"意思是："自认没时间学习的人，即使他有空闲时间，也不会用在学习上。"

你们不妨问问自己：如果现在有一个小时的空当，你会做什么，玩手机？看电视？闲聊？或去做其他事？反正就是不会去做那些你承诺过要做的事，对吗？

"永远别让例外发生！"想拖延时，切记这句话

以下是5种积极的心理暗示方法：

1. 只要开始去做就对了。只要你肯开始，就代表正在前进。否则，这意味着你还在原地踏步。

2. 每次只做10分钟。因为你总把事情想得很难，以致心生逃避；你只要在10分钟内快速进入做事的状态，就可以消除内心的焦虑和压力。最后，你便会发现事情并没有想象中的那么难。

3. 在做中学、错中学。你若要等到一切都准备周全才开始做，那么事情将永远无法开始。你想第一次就把事情做得完美，就可能会因为思虑太多，踌躇不前。以写作为例，你先不要要求自己达到名作家那样的水平，先把能想到的所有东西都写下来，即便没有逻辑也没关系，写就对了。

4. 确定目标。想象你正在跑一场马拉松，比起漫无目的的奔跑，知道比赛的目的地更能激发你的动力。比起"明天要做很多事"这个较为含糊的目标，"明天要完成这三件事"较容易让你采取行动。

5. 试着将问题进行细分。当工作量过大，且不知道该从何处着手时，你与其想着非得完成一件大事，不如锁定一个有限度、合理、可完成的小事。比如跑马拉松，你可以先从3千米的入门级开始，提高自身的有氧能力后，再进阶到10千米长跑与半程马拉松。这会让你减轻许多心理负担，更容易达到最终的目标。

你想拖延时，切记"永远别让例外发生"这句话。你最大的敌人就是自己，你会设法骗自己"就只有这一次拖延的机会"。但你只要有一次破例，就会有第二次，第三次……如此，"例外"会成为你的"常态"！

有哪些事情是你过去一直耽搁的？写下来，然后依照下面的问题回答：

1. 为何我一直没有做出行动？行动起来，我会有何种痛苦吗？

2. 我一直拖延，对自己有什么好处？

3. 如果我此刻拖延，将来有可能付出何种代价？

4. 如果我能立即行动，对自己有什么好处？

5. 如果我不再拖延，想象一下"明天的自己"会如何感谢"今天的自己"？

第五节
怪兽与它们的产地——内心恐惧

你是不是会对很多事物产生恐惧心理？怕水、怕高、怕黑、怕蛇、怕死，或是怕上台、怕被批评、怕冲突、怕担风险、怕失败等。害怕是人的求生本能，人因为害怕才能做好自我保护，免于受伤，从而生存下来。一个什么都不怕的人才是可怕的。

但是，当这种恐惧心理让我们动弹不得，变成我们前进的阻碍时，这种害怕会使我们的人生变得"瘫痪"。

我常听学生说："我想参加比赛，却怕表现不好，就放弃了""我想发表作品，却怕被批评而迟疑却步""我喜欢某人，却怕丢脸而说不出口""我想在公众场合讲话，却怕得全身发软，半句话都说不出来"。

我问："为什么怕？"极少数人能给出有说服力的答案——他们畏惧的其实是自己恐惧的事物。对一个跳高选手来说，他可以轻易地越过 2 米高的杆，却不敢跳过等高的墙。对一个跳远选手来说，他可以轻易地跳过 7 米远的沙坑，却不敢越过等距离的河。所以真正让人害怕的是害怕本身。

你每次向恐惧屈服，恐惧就会变得更强大

若不想产生恐惧心理，你必须先了解自身是如何创造恐惧的。

小时候，三五个伙伴熄了灯说鬼故事，夜半的敲门声、门外的人影、窗外的风声、在墙上投出的鬼魅影子，让我们屏住呼吸、心跳加速、身体紧绷。仔细想想，我们害怕的究竟是什么？

是自己想象的东西，对吗？一个人在黑夜中，看到一个黑影，便神色慌张地跑了起来。这个人遇到第二个人，说:"有鬼,快跑!"于是第二个人也跟着第一个人跑。而其他人看到逃跑的人神色如此慌张,或许也会慌不择路地一起跑。如果能有人冷静下来想一想,真的有鬼吗?即使有鬼,现在我们有这么多人,是人怕鬼,还是鬼怕人?

没有任何事物比无中生有的恐惧更可怕。想要消除恐惧,我们必须先认清恐惧的本质。我们不能在恐惧面前逃跑,得面对它,更得亲近它。就像我们小时候床底下的"大怪兽"——假如弯下腰瞧瞧床底下,就会发现哪有什么怪兽,但我们就是不敢看,选择继续害怕。

所以,我们该害怕的不是那些可怕的事物,而是任由"害怕"这件事让自己裹足不前,这才是最可怕的。

尽管害怕,仍向前行,这就是勇气

去做你害怕的事,就是克服"害怕"最快、最有效的办法。

很多事情,你现在觉得害怕,一旦面对并驾驭它们,或许就会将其变成自身喜欢、擅长的了。例如,学习游泳、开车、跳舞,或是上台演说等,一旦得心应手之后,你会发现根本没有什么好害怕的。

做这件事时，我会设想最糟糕的结果。在自己裹足不前、迟迟无法下定决心时，我会这么问自己。例如，我想结交外国朋友，我会问自己：大胆开口最糟的结果是什么？大不了就是被拒绝，但如果我试都不敢试，不就连起码的交流机会都没有了？

接着我又问自己：如果害怕，我是否会迈开步伐？虽然承认这么做会感到害怕，但每次往前跨一步，我都能从中获得勇气。

以前我想在众人面前发表自己的意见，也因自己太害羞而止步不前。我实在不想再这样下去，于是又问自己：要是不害羞，我会怎么做？答案很清楚，我会站起来，说出自己心里想说的话，心中的恐惧便会不知不觉地消失。

我想到"恐惧"（terrified）和"美妙"（terrific）这两个词，其实都是由同一个字根所衍生出来的。之前，我和别人交流还会紧张得喘不过气来，而现在竟可以对大家侃侃而谈，这种感觉真的很美妙。

第一章 别让自己的无能，限制你所能

如果不害怕，你会怎么做？

有位名人曾说："很多事我起初都很害怕，只是假装不害怕。慢慢地，我真的不害怕了。"

你表现出毫无畏惧的样子，便会勇敢起来；若能保持得够久，假的就会变成真的，你便会成为真正的勇者，也就没什么好怕的了。

一次有勇气的行动可以让你无比自信。反之，如果你继续犹豫胆怯，可能会停滞不前。

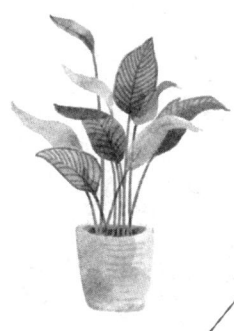

第二章

困在这种心态中，
你会困在悲惨里

PART 2

第一节
都是别人的错害得我——受害者心态

长久以来，我们一直将自己的不幸归咎于他人。你卷子分数太低，怪老师不喜欢你；你工作做得不好，升迁没你的份，怪时运不济、遭人打压；你和伴侣关系差，怪对方不理解、不体谅你；你失业，怪社会不公平；你诸事不顺，怪老天跟你作对……总是这样，你就成了一名"受害者"。

你为什么要扮演受害者？因为跟承认自己的错误比起来，怪罪别人容易多了，你不但可以获得别人的同情与支持，还不必承担成长的压力，更能获得更多的关注。

这会导致什么后果？保持这种心态，你将很难有机会做出改变。因为，你已放弃了自己。若你总带着委屈的情绪，只能悲伤与自怜，就会一直陷在负面的情绪之中；若你无休止地指责、怪罪别人，周围的人也会渐渐远离你；最可怕的是，久而久之这会变成你的一种消极想法，让自己的人生变得悲惨。

这样的剧本，我们不知道演了多少遍

我在网络上看到过一则对话，大意是这样的：

甲没车没房。

别人问他："为什么不买？"

甲回答："家里没钱。"

"你都40岁了，怎么没点儿积蓄呢？"

"因为我父母很差劲……"

"你父母和你有什么关系？"

"原生家庭会影响人的一生，你不知道啊？"

乙40岁了，还没有结婚。

别人问她："为什么不结婚呢？"

乙回答："因为父母天天吵闹，婚姻太失败，对我的心理影响太大，我对长期的亲密关系充满恐惧……"

"可你已经长大了呀！"

"是的，但我的内心还是一个孩子……"

"都是因为别人的错，才害得我……"这就是典型的受害者心态。因为家庭破碎，所以才害我误入歧途；因为客户难缠、同事不支援，所以我的业绩无法达成；因为他说了那些话，所以让我一整天都不开心；因为他做了那件事，所以影响了我的心情；因为某人伤害了我，所以害得我好几年都活得不好……这样的剧本，我们不知道演了多少遍！

错在他——他无法替你的人生负责

有太多的人深陷在自己的"连续剧"里面，痴迷于其中的角色、剧情。我们述说的是他人对我们做了什么事，如何残酷地对待我们。但当说完那些是是非非之后，我们又得到了什么呢？我们只有愤怒、心痛、怨恨，以及各式各样的负面情绪，对吗？

如果你的痛苦是来自别人，你将很难快乐起来。如果你把产生问题的原因归咎于别人，自身将无能为力，只能继续深陷在受害的情境里。为什么？因为你的心情受别人的影响。

　　你要重获自由，就要跳脱出受害者的角色。第一步，你要学会对自己的人生负责——不管别人说了或做了什么，你所有的情绪都由你自己负责。错在他——他既无法替代你的情绪，也无法为你的人生负责。

　　每个人都要明白：不管之前吃过多少苦，受到了多么不公平的待遇，是你让自己活得不好，不是别人，因为那是你的人生。从今天开始，你要为自己负起责任，才能从别人手中拿回自己的力量。

责任让你拥有力量，责怪让你失去力量。

我们责怪别人，是源于自身的无力感。这只会使我们感觉更糟糕，变得更加无助。相反，负责意味着我们对发生的事情拥有主动权。

你要检讨自己的错误，问自己：

我有做错什么吗？否则为什么会这样？

如果我想要改变，应该怎么做？

当你遇到其他问题时也一样，承担责任能将责怪转变成具有建设性的力量：

这种状况如何帮助我学习和成长？

我如何应对这个挑战？

我如何保持平静喜乐，不受外在事物所左右？

第二节
一心要除魔的人，最易着魔——怨恨与报复

当提到"忘了吧"这句话，你的脑海会浮现什么样的景象？谁最先出现在你的脑海中？是哪一个人、哪一件事让你忘不了呢？

是那些伤你最深的人和事，对吗？别人伤害你的那个当下早就过去了，自己却还在念念不忘地回忆受伤害时的情景，一直沉浸在被伤害的情绪里。等到自己的伤口慢慢愈合时，你又把记忆翻出来，一遍遍详细地重播，还告诉其他人，那个人就是这样伤害自己的。

你想想，如果有人用棍子殴打我们，接着我们拾起棍

子再打自己，那么究竟是谁伤害我们更重？

许多人以为只要怨他、恨他、羞辱他、指责他、报复他，这样就可以让自己好过一点儿，却没有意识到怨恨这种情绪比你愤恨的对象伤你更深。若对方有意伤害我们，我们等于帮他们把伤害执行得更彻底；而如果对方无意伤害我们，我们这又是何苦呢？

原谅，不是放过别人，而是放过自己

"那个人太可恶了！我就这么轻易饶恕他，未免太便宜他了！"有人觉得，原谅对方是不对的，因为这样他们就不用为自己的所作所为付出代价，毫无正义、公理可言；他们没得到该有的惩罚，没向我道歉、悔过——我怎么可以轻易放过他们？

你有没有想过一件事：你原谅别人的过错，不是因为对方值得你原谅，而是他们不值得你浪费生命。

巴西作家保罗·科尔贺在《我坐在琵卓河畔，哭泣》的后记中记载了一段与友人的对话："原谅简直是唱高调，我不知道自己能不能轻易原谅忘恩负义的家伙。虽然原谅这些人确实非常困难,但你别无选择:如果不原谅,你将为他们对你做过的事而感到痛苦,永无止境。"

一心想要除魔的人,最容易着魔。想想你希望惩罚的某个人,留意当你的大脑冒出报复或惩罚那个人的想法时,你有什么感觉?你感到愤愤不平与委屈,内心无法平静,对吗?当你一心想着报复,脑海中一遍遍地想着他对你的伤害行为,这样对他有什么影响吗?他根本都不知道,你只是在折磨自己而已。这样一来,被惩罚的人岂不是自己?

放过别人,你会失去什么?你会失去的唯一东西就是痛苦而已。原谅别人之后,你会发现得到解脱的不是别人,而是自己的心。

时光不能倒流,但人生可以逆转

放下过去谈何容易?是的,并不容易。但是,让你放下过去并不是让你完全忘记过去,而是让你不再陷在过往不好的回忆之中。

有位心理咨询师曾对某位每次来都拼命抱怨她婆婆的

病人说:"记住,今天你只能说这个星期发生的事,在这之前的事情都要当作不存在!"这位心理咨询师说的便是原谅和忘记,听起来或许有点儿宽泛,但它是放下过去的最有效的方法。

无论过去发生的事有多么让你痛苦,它都只是一种记忆而已。这份痛苦可能强烈地折磨过你,但它已经过去了。人无法抹去过去,却可以重新看待那些事情,这也是我一再提到的观点。一般人的看法是因为过去所发生的不好的经历,才造成了你今天的不幸。但事实是,当你改变了对于过去的看法后,你的未来或许也将随之改变。

时光不能倒流,但人生可以逆转。在课堂上,我会要求学生回顾他们生命中发生过的重大事件,并找出每一次事件的转折点,让他们选择如何经营往后的生活。这么做主要是为了让他们能将转折点转换成学习点——不让自己继续沉溺在过去,而是探寻这些事为自己带来的价值与意义,这些事不但不会成为人生的阴影,反而能照亮他们未来的路。

尼采有一段话,几十年来我一直忘不了。因为从写作开始,我就以此自勉,那就是:"无论什么人,一旦在文章中述说自己的苦难,就会成为忧郁的作者。当然,当他能够告诉我们,自己曾经遭受的苦难,以及如何拥有现在的喜悦,他才能够成为令人信赖的作家。"

诚哉是言!重要的不是你曾经待过漆黑的房间,而是你的双足能够离开那个房间并往前迈进。

每次老调重弹的时候，我会立刻让自己回到现实中。我会告诉自己：我对这部"影片"已经厌烦了，已经在内心将它播放了无数次——这部"影片"我已经看腻了。然后，我会按下"停止"的按钮。

你可以问自己：这件事情发生在多久以前？也许自己会有点儿意外，这些情绪的源头已是多年以前，甚至是几十年前发生的事了。

你再问问自己：我还要沉溺在这种伤痛中吗？我还要虚度另一周、另一个月，甚至一辈子，让自己继续留在往日的痛苦中吗？我想让现在的幸福毁在这件事上面吗？

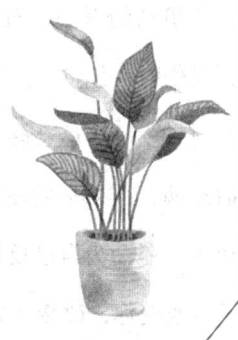

第三节
令你痛苦的，是你对事情的看法——负面诠释

有个学生极为敏感，别人几句玩笑话也会轻易惹恼他。当他被这些玩笑话所伤害时，是谁令他受伤的呢？

你若能客观地看待这件事，就知道让他受伤的是他对这件事情的看法，而非事情本身。例如，被人批评，觉得很受伤时，你可以换个想法——他是在教导我，是为我好。此时，生气可能会转为你对别人的感激之情。你被某人的话惹恼，结果事后发现对方只是在开玩笑，可能当下就会释怀，还会为自己反应过度感到抱歉。可见，外在事件并没有改变你，改变的只是自己的看法。

再举个例子，如果你正在讲台上演讲，有一个人走出去了，你的内心会怎么解释他的行为？如果你认为"他一定是觉得我讲得很烂"，内心当然会觉得不悦。但有可能他是出去接电话了，或者是去上洗手间了，也有可能是因有急事要提早离开。所以真正令你不悦的，是你对事情的诠释，对吗？

诠释，决定你的情绪反应

有两户人家，彼此是邻居。男主人都是早出晚归的，经常要加班应酬。他们往往半夜才回家，回到家时孩子们多半已经睡着了。

对于这种情况，李太太经常在孩子们的面前抱怨："唉！每当你们需要父亲时，他永远都不在身旁，只知道工作，对家一点儿责任感都没有。"所以这些孩子长大后就只会记得，他们的爸爸是一位"不负责的父亲"。

林太太对子女说的话就完全不同："孩子们，你们有一个最顾家的父亲。为了这个家，他每天从早忙到晚。你们要好好用功，以后报答他！"这些孩子就会对他们的父亲充满感激之情，因为觉得他们的爸爸是一位尽责的父亲。

心理学中有一个著名的"ABC理论"。A是指事件的起因，B为个人的解释和想法，C是事件的结果。相同的A可能导致不同的C，关键就在于B。

有位学生因男友离去而痛不欲生，终日以泪洗面。她说："男友狠心抛弃我，害我变成这样。"这种说法表面上说的是"男友离开"和"痛不欲生"有直接的关系。但许多人分手后也没有痛不欲生，那是谁造成这位学生目前这种状况的呢？

我认为并不是分离导致这位学生感到痛苦，而是这位学生认为"他欺骗了我""他辜负了我"让她自己感到痛苦；是"他抛弃了我""他不该离开我"等想法让这位学生痛不欲生。

一位哲学家就说过："事物本身并不能让我们忧郁、高兴或生气，而是我们的诠释导致自己的情绪发生反应。"

一位智者曾说过："还记得是什么伤害了你吗？并不是别人侮辱你或打你，而是你认为有人在伤害你。所以如果某人让你生气，要知道这是你自己的评断来为你的愤怒负责。"

心境，决定你的处境

我在医院里看到过很多病患，如果他们只有肉体上的伤痛，这对他们来说还不算什么问题；如果他们开始自怜，有了像"天啊，我真不敢相信这种事竟然会发生在我的头上""为什么我会生这种病""我觉得好痛苦、好无助"这种想法，他们就会陷入愤恨沮丧之中。在人们面对不愉快的处境时，心境取决于自己受苦的程度。

周末我单独坐在自己的房间里，没有约会，没有人打电话给我，觉得很孤单。其实孤独和凄凉的感觉只是我的个人想法，事实上我只是一个人待在房间里面，如此而已。

当一个人独处中生出这类"大家都不理我""我真可悲""永远孤单下去"等负面情绪时，他就会觉得特别难过。

我们可以换个角度思考："享受一个人的时光，其实蛮美好的。""自己独处可以自由自在、安静思考、沉淀心情，做点儿自己想做的事。"当我们改变自己的诠释后，就可以把原本的孤单变成新鲜的体验，寂寞也会让我们自得其乐。

在生活中感到有负面情绪时，请你近距离检视负面情绪并思考问题的所在。是因为你自己吗？是因为负面的想法导致的吗？请你回答以下问题：

我的负面情绪是……？

我有这种负面情绪的原因是……？

为了不再有这种负面情绪，我必须改变的想法是……？

随时观察"我的想法"与"我的感受"。人的想法是瞬息万变的，并且想法往往伴随着感受，感受则会衍生情绪。我们明白这一点，就可以在每一个情绪激烈的当下往更深层次去探查，就可以看到情绪下的真实想法，以及我们对事情的诠释。

第四节
头号情敌是自己——错误的期待

  期待是爱情中最大的难题，不少人对爱有着不切实际的想法。例如，你期待对方知道自己的心思、会永远把你放在第一位，期待对方和你有同样的爱好、采用你的做事方式，期待你的善意付出能收到相应回报、对方能为你做出改变……所以才会有那么多人为爱心碎神伤。

  你想过吗？当以平常心去对待一个人，你为什么会生气？是不是因为结果和你期望的不一样？当你对一个人付出得越多，就抱怨得越多，这是为什么呢？是不是因为他让你失望、他辜负了你？你想得到的，没得到；你认为他应该做到也可以做到的，他没有做到。于是你对伴侣、对父母、对孩子破口大骂，大发雷霆，彼此之间的冲突与争吵也随之而来。

你满心期待，却换来满腔不满。

当你不再去改变对方，关系就会改变

这是谁的错？这个期望是谁创造的？这个失望的人又是谁？如果你曾静下心来想过，就会明白是怎么一回事——你一直把期望投射到对方身上，这就是问题所在。不是我们要求对方该怎么样他就要怎么样，因为你没有理由让别人符合你的期待。

在我参加的一场研讨会中，有位女士提及夫妻感情不和的事，以下是她的自述："我和丈夫结婚已经五年了。刚结婚的那段时间，我迷上了电视连续剧，期待丈夫能像剧中的男主角一样温柔地对待我，为我做出改变……但他做不到。于是我开始责怪他，认为是他让我不快乐的。我期待他在我不快乐时，千方百计地逗我开心，但他还是让我失望了。从此，我动不动就生气，夫妻之间的感情也渐行

第二章 困在这种心态中，你会困在悲惨里

渐远。

"后来，我去参加了一次成长营，上了好几堂婚姻课。我在上课的过程中才发觉自己有多自私。我领悟到我的快乐来自自己，而不是靠我的丈夫提供。当开始对自己好时，我变得越来越快乐，跟丈夫的感情也越来越好。"

这个事例值得人们思考。有时候让你受伤的，是你心存的幻想；你对某人失望，并非对方做错了什么——他们只是表露出本来的样子，你明白了吗？真正让你不快乐的并不是那个人，而是你对那个人错误的期待，你的头号情敌其实是你自己。

你不再幻想，不再期待他成为你心目中的丈夫，如实地接受他真正的样子，从那一刻起，失望就消失了。当你不再去改变对方时，你们的关系就会发生改变。

对方不按照我的想法做事，是很正常的

在一段亲密关系中，很多人都会有这样的想法："爱我，就要为我改变。""只要他改变了，我就会快乐。"你活了几十年都很难改变自己，凭什么要求对方为你做出改变？如果

破 局

对方一直不改变，你是否一辈子都不会快乐了？

你最初的爱是单纯的，显示出来的就是单纯的快乐；然后，你有了期待；当期待落空后，你会感觉遭受挫折、失望，显示出来的就是不满、愤怒、怨恨、伤心。如果你的爱是一再重复负面的模式，那就表示你的爱并不是爱，而是期待。

你要想改善关系，首先得清楚地认识到"对方不按照我的想法做事，是很正常的"。没有人是为了满足你的期待而存在，也没有人有义务给你提供期待的东西。不要试图把别人改变成你心目中的样子，因为你也没办法把自己变成你期待的模样。若你自己都无法做到，又怎能寄希望于他人呢？

在这个世上只有一个人能为你的人生负责，那个人就是"你"。一位作家说过："舒畅的心情是自己给予的，不要天真地奢望别人的赏赐；舒畅的心情是自己创造的，不要可怜地乞求别人的施舍。"

如果从别人那里得不到期待的东西，那么就由你来给自己吧！你何必去求人给呢？

如果你很喜欢吃牛排,你会拿牛排去喂兔子吗?当然不会,因为你知道不合适。事实上,兔子吃了牛排还可能会不舒服,甚至会生病。

同样的,现在请你想一下。如果以自己的喜好和期待来要求别人,若对方拒绝或抱怨你,你可能会很不高兴:"为什么替你安排最好的,你不要?""我给你最好的,你还抱怨什么?"你气愤自己的付出没有得到回报,却没想过其实问题在于自己。他本来就有自己喜爱的,是你硬要改变他,这无疑是请兔子吃牛排。

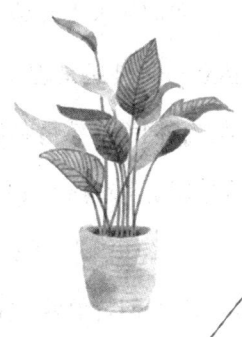

第五节
如何做正确的决定？——犹豫与后悔

很多人常常认为生命之路只有两条。

一条正确，一条错误——我们应该在交叉路口就先判断出哪一条是正确的。

我们从求学开始，就要选择念什么学校，是公立还是私立？文科还是理科？毕业后，我们要选择就业还是升学？我们面对感情和事业时，要选择先成家还是先立业？升迁还是生小孩？人们总是犹豫不决，举棋不定。"万一选错了怎么办？""要是做了决定，却不如自己的预期怎么办？"人们就怕做了让自己后悔的事。

我们往往对这些选项存在误解，认为一定有一个正确的选项，但事实是根本没有唯一完美的选项。人生有选择就会有遗憾，就像我们吃早餐，在甜甜圈与麦片之间选择，甜甜圈好吃，但不健康；而麦片有营养，却没那么美味。每件事都有利有弊，每个选择都有好有坏，没有绝对正确或错误的选择。

人们常后悔当初做出的决定，但如果当初是另一个选择，你又会想：说不定没选的那个才是正确的。你如何知道自己做的是正确的选择或决定？

答案是，你不知道。

人犯下的最大的错误就是没有犯下足够多的错

你投资亏钱了，可能会说："假如当初我早点儿卖掉股票，就不会被套牢。""假如当时我不急着卖，至今身家何止增加10倍。"

遇人不淑，你可能会想："假如当初我和某人交往的话，一定会幸福美满。""如果当年我不早早嫁人，而去从商，现在一定是个女强人。"

我们经常会假设我们的人生——假如当初做出的是另一个选择，那么今天我就……假如当初读的是理工科，那么今天我就……假如当初投资的是房地产，那么今天我就……假如当初选择的是某工作、某公司，那么今天我就……

结果真的是这样吗？难说。之所以难说，是因为人生无法预测。即使正确的决定仍有可能会出现意外。而意外如果可以预测，那就不叫意外了。

一位年轻人向成功的企业家求教："前辈，请问您是如何成功的呢？"

企业家笑着说："我是因为做了正确的决定。"

年轻人又追着问："您是如何做出正确的决定的呢？"

企业家："靠经验。"

年轻人又问："您的经验是从哪儿学来的呢？"

企业家依然带着笑容："从做错误的决定而来的。"

人犯下的最大的错误就是没有犯下足够多的错。一个从未犯错的人，多半庸庸碌碌，一事无成。所以你不要害怕犯错，因为错误表示你曾勇敢尝试过，表示你知道什么是错的。

我想起迈克尔·乔丹当初退役后跑去打棒球，成绩乏善可陈。在他的自传里面有一句话让我感触很深，他说："如果不打两年棒球，我永远不知道自己这么热爱篮球。"是啊！人只有亲身经历过才知道。

事前不犹豫，事后不后悔

面对选择，最重要的是你要"忠于自己"。你要倾听自己内心的想法：这适合我吗？这会给我带来喜悦吗？在做它时我是否觉得快乐？这真的是我想要的吗？你要倾听自己内心的声音，毕竟自己需要什么，只有自己是最清楚的。

你只要记住一件事："完美"的选择不存在，而是要选择"最适合"的。放下"要百分百正确"的观念，你就会发现，做决定变得易如反掌。

一旦你做出决定了，就要抛开所有的怀疑，不要再三心二意。当你年岁渐长，开始回顾过往时，你会发现：最让你后悔的是你没有抓住的机会、你没敢去面对的勇气、还有那些你错过的梦想——这些，才是你最大的遗憾。

事前你不要犹豫，活出自己，勇敢前行，过得好是精彩，过得不好是经历；事后你不必后悔，要从中找到教训、启示，这个过程就不会白费。

　　人生的阅历多了，你自然更聪明，也更有智慧，后悔的事也会跟着变少。

人们要如何做出正确的决定？我提供以下几个原则：

1. 好的决定会为你带来更多的机会，而不是让你的选择变少。

2. 好的决定会为你和周围的人带来更多的幸福，而不是幸福变少。

3. 你要看长远些，从大局来看，从一辈子来看，从子子孙孙的角度来看。看看这个选项会对你造成什么影响，并依此做出决定，你将来就不会后悔。

4. 无论你做出的决定是什么，要让这个决定成为你做出的正确决定。

第三章

你不做自己，
要叫谁来做

PART 3

第一节
你不喜欢自己,谁会喜欢?——不接纳自己

一位读者写信谈到她的苦恼,说:"我很内向、害羞,所以很羡慕那些活泼、外向的人,假如我能像他们一样,就能变得自信,交到很多朋友。"

我说:"你先要接纳自己的内向、害羞,自在地与你真实的自己相处,才能变得自信,交到喜欢你的朋友。"

你可能要问,接受自己的缺点,还要有自信,不是很矛盾吗?接受缺点并不等于认同你的缺点,而是你知道自己或许不完美,但依然接受这样的自己。知道自己有些地方不好,需要改变,而不是视而不见、避之不谈,甚至是

用各种方法掩盖过去。

其实,当接受自己时,你就已经改变了。越不掩饰自身的缺点,你就越能展现自信。

全然接受自己真实的面貌,就会活得轻松自在

接受是你改变自己的开始。你觉得自己无知,这没什么,多充实自己、增长见闻。至少,你已有了自知之明。你不是帅哥、美女,但可以让自己变得顺眼、有气质。先天的长相无法改变,但你可以让别人喜欢与你相处。

如果你很胆小,那就接受自己的胆小,因为有勇气的人才会承认自己胆小的事实。没自信的人,最怕别人说出自己的缺点,但如果自己主动说出来,就会走出自卑的阴影。

以前我怯场,上台说话会感到焦虑、紧张,看着众人的目光就什么都说不出来了。我在求学时期,还特别选择不需要在同学面前发言的课。直到我进入职场,常碰到演说的机会才决心克服恐惧。

我一上台就先开诚布公:"我很怕上台演说,讲得不好,请大家多包涵,也希望大家能多指教。"当说出这句话后,我顿时如释重负。神奇的是,我渐渐不再害怕自己表现得不够完美,语言和肢体表达也变得轻松活泼。我深切地体会到,原来接受自身的缺点可以产生那么大的力量。

我告诉自己:"这就是我。不管我的缺点有多少,我都完全接纳。"

接受自己的缺陷、自己的平凡、自己的无能为力,你对自己的排斥与厌恶就会消失。当你不那么苛求自己,你的焦虑、压力和负面情绪就会立刻得到释放。全然接受自己真实的面貌,接受自己不够美丽、不够好,你就会活得轻松自在。

接受不完美的自己,才能看见自己的美好

没有人是完美的,再成功、优秀的人,还是有缺点的;你的缺点只代表你的一部分,而不是全部的你;这个地球上有脏的地方,并不代表整个地球都是脏的。每个人不是完美无瑕的,而是要活得自然真实,因为是它们让你变成独一无二的自己。

没有一个人可以讨全部的人喜欢。再完美的偶像都还是会有人讨厌的。你不被喜欢并不是你不够好，只是每个人的喜好不同而已。永远别妄想所有的人都能够喜欢你，那是不可能的。你也不是喜欢这世上的所有人，怎么可能所有人都喜欢你？

你是否发现有些人看起来总是自信满满？他们中的一些人外表既不出色，还有许多缺点，却能受到大家的喜爱，主要的原因是这些人很自然真实，忠于自己。

你可能认为"我要美丽迷人，别人才会喜欢我"。但如果大家都喜欢你，你还会怀疑自己不美丽迷人吗？

爱不完美的自己，你才能看见自己的美好。当你真心喜欢自己，接纳自己真实的样子时，别人才会接纳你的缺点，喜欢真实的你。

做真实的自己,有些人会喜欢你,有些人或许不会。然而,你为什么要花时间去在意那些不喜欢你的人呢?

你要清楚地看到自己的本质,就不再需要证明自己。不论别人如何评价你,都不影响你的本质,你不必为了讨好那些不喜欢你的人而做出改变。

第二节
走自己的路,让别人去说吧——太在意别人

你为什么一直在意别人的眼光?

因为你很在意自己。

我还记得第一次用英语上课,怕自己太紧张把讲授的内容忘了,就将课堂上要讲的每一句话都写在课本上,然后对着镜子反复演练自己的面部表情、肢体语言。忽然间,我意识到自己的问题——我太在意学生对自己的观感,而忘了我讲课的目的是帮助学生学习,让他们对这门课程感兴趣,而不是对我感兴趣。我应该忘了自己。

人们常常在意别人对自己的评价,不管做什么事总想

着：不知道别人会怎么说？不知道别人会怎么想？甚至还会想：我这样做，不知道别人会不会……？所以，你变得紧张、害怕，怕自己表现失常、怕自己犯错、怕自己看起来很愚蠢、怕自己被否定，对吗？

你想一想：如果不想借由别人来肯定自己，你还会感到如此不安吗？如果不再顾虑"要怎么表现才会让别人喜欢，给人留下好的印象"，你会担心焦虑吗？如果你不在意别人的眼光，还会不自在吗？

全世界有那么多人，要在意永远也在意不完

有位哲人说："二十岁时的人，会顾虑旁人对自己的看法；四十岁时的人，已经不理会别人对自己的想法；六十岁时的人，发现别人根本就没有想到过自己。"

我们应该认识到一个简单的事实，那就是每个人最关注的都是自己。也许你觉得鼻子上的青春痘很显眼；也许发型设计师把你的头发毁了，让你羞于见人；又或者你认为每个人都在背后谈论你的糗事。但实际上，人们可能根本就没有注意到你，别人并不像你想象的那么惦记着你。

破 局

有次女儿上课迟到不想进教室,是因为"我怕大家会盯着我看,好丢人"!

"你以为自己是英国王妃啊,"我说,"放心吧!你同学都会忙各自的事。"

吃晚餐时,我问起早上迟到的事。她想了想,才惊讶地说:"真的啊,班上好像没有人注意到我。"

大部分的人都在忙着自己的生活,只顾着自己的事。他们在意的人也是自己。他们同样也很在意你的眼光,以及你的评价。

其次,大家还要认清的一点是每个人对于事情的看法都不一样。不管你做什么,怎么做,都会有人提出不同的看法。如果你太在意别人的看法,到最后什么都做不成,什么都做不对。

就像《父子骑驴》的故事,如果父亲骑驴,儿子牵着驴走,有人责备父亲只顾自己享受;如果换成儿子骑驴,父亲牵着驴走,路人又说儿子真不懂事;如果父子都骑到驴背上,又有人说他们对驴太残忍;如果两个人都不骑驴,又有人笑他们真蠢,有驴不骑……想让所有人都满意,你只会让自己无所适从。

按照你自己心中的那支曲子跳舞

有个故事我曾一再提到。

有个人一直郁郁寡欢，因为很在意别人的眼光，经常把自己搞得疲惫倦怠。他为了摆脱这种情绪，决定到远方旅行。

有一天，他来到一个很偏僻的少数民族村落，发现这里的村民似乎都非常快乐。每天晚上，人们吃完晚饭，就在一片空地上点起篝火，乐师们弹起他们心爱的乐器，男女老少一起载歌载舞，直到尽兴才归。他们每个人看起来都是那么快乐，为什么呢？他百思不解。

一天晚上，在村民们跳舞的空当，他与一位年长的乐师攀谈起来。他问乐师："为什么你们总是那么快乐？"老乐师听了他的话并没有马上回答，而是弹起一首古老的曲子。老乐师对他说："年轻人，你也来一起跳舞吧！但是你一定要记住，不论我弹什么曲子，你都不要受我的影响，而是要学会按照你自己心中的那支曲子跳舞。我相信你会找到答案的。"

就这样，他真的跟大家跳了起来。虽然整晚都在跳，但是不知怎么回事，他一点儿都不疲惫，觉得自己完全放开了，那是一种过去从来没有感受过的自在和快乐。就在这时，他突然明白：原来一个人要想获得真正的快乐，就必须按自己心中的曲子跳舞。

我们本来是快乐的，却常因为别人的眼光而自乱阵脚，进退失据。人生是自己的，没有人比你更了解自己，没有谁能替你生活，遵循自己的内心感受，走自己的路，让别人去说吧！

什么时候你会觉得不自在?

当你在意别人用异样的眼光看你的时候。你怕自己不被接受,怕自己不被喜欢。你想讨好别人,内心很在意自己的表现,担心别人怎么看、怎么说,就会觉得不自在。

怎样你才能变得自在?

当你不在意别人的眼光、看法、评价,内心对旁人无求,视他人为不存在时,你就自由自在了。

第三节
别拿别人的价值当自己的——自贬身价

说来可悲,从小到大,我们一次又一次地被教导,哪件事必须要完成,哪种能力必须被证明。我们从不认为自己是有价值的,很多人只有在自己是一个赢家、获得成功或被别人肯定时,才觉得自己有价值。因此,当我们失去了这些,也就失去了自我价值。

人们爱追求财富、地位、成功、外貌、名牌商品,为什么呢?因为你一旦拥有这些东西,会获得赞赏,觉得自我价值得到了提升。相反,当你看见条件比你好、比你拥有更多的人,自我价值就会降低。当失去财富、外貌、工作后，你就会觉得自己一文不值。

假如我们追求的目的是要别人肯定自己，就表示自我价值是建立在别人的肯定之上的，等于是拿别人的价值当作自己的。如此，我们将永远活在盲目的追随中，心情也随之起起落落。

看见自己的价值，就是有价值的人生

什么是自我价值？

在谈自我价值之前，你要先了解"价值"是什么？很明显，同一个东西，不同的人有不同的认知，感受到的价值也不同。就像有的明星演唱会的门票卖到天价，有人觉得值得，有人觉得不值得，而我对演唱会没兴趣——天价的门票对我而言就是没有价值的。

价值在哪儿呢？就在每个人的头脑里。别人给出的评价，那是别人的价值。要拥有自我价值，你就不能像一般人那样，把别人的价值当作自己的。

有位学生到学校附近的餐厅打工。一天我碰巧遇到她，就问她："在这里做得好吗？"她一脸委屈地说："唉，老师，

破 局

我觉得我有点儿自贬身价。"我问她:"怎么了?"她说,因为有人笑她,那人说"亏你是高才生,怎么跑来端盘子"!

"这怎么会是自贬身价呢?"我说,"连端盘子的事你都愿意做,这高才生真了不起!"

当不在意别人的评价、肯定自我时,你就会发现自己的价值。

我常收到学生发来的消息,说毕业多年还没找到像样的工作,觉得自己一事无成;有人工作多年还没有自己的房子,也沮丧地觉得一事无成;还有人被解除劳动合同,感慨自己一事无成……

我说:"不要管别人怎么说,关键是你怎么看自己。成就有很多面。能吃苦耐劳是一种成就,坚持不懈是一种成就,与人相处融洽是一种成就,照顾家庭是一种成就,成就别人也是一种成就。难道这些都毫无价值吗?"

我如果把在学校教书的工作只当作是养家糊口的途径,那么我的教学生涯看起来就会枯燥乏味,也不会有什么成就感。如果我将教育视为一项神圣的使命,就觉得自己的生命充满了价值。当我看见自己的价值时,我的人生就是有价值的人生。

第三章 你不做自己，要叫谁来做

只有你，可以决定自己的价值

有人可能认为："像我这么普通，怎么可能会有价值？"价值任由人定，有人妄自菲薄，认为自己只是一颗普通的石头；有人信心满满，相信自己是一块宝玉，人的价值在每个人的心中。

一块废铁，只能卖10元；如果做成一堆铁钉，可以卖100元；如果制作成几组玩具，可以卖1000元；如果制作成几对高级手表，就值上万元。只有你，可以决定自己的价值。

我来说一则故事：

由于铸造钱币的铜矿越来越难找，硬币的需求量却越来越大，造币厂为了满足硬币需求量，只好把从前发行过的硬币收回来重新铸造。

重新铸造后的硬币，每个都比原来的小很多。硬币看了看自己缩小的身体，很难过。

钞票看它们愁眉苦脸的样子，不解地问："你们难过什么？"

"我们变小了。"

破 局

"你们的价值变小了没有?"

"没有。"

"你们买的东西变少了吗?"

"没有。"

钞票说:"既然如此,你们难过什么呢?"

硬币说:"我们的样子变小了。"

"样子只是外壳而已,变小有什么关系呢?重要的是本质不会变小!"

硬币听了钞票的话,觉得很有道理,就不再难过了。

你的价值是存在的,因为你本来就有价值。就像一张百元的钞票,不会因为被弄脏压皱、被随意丢弃就贬值。你的价值不会因为别人的不欣赏、打击、诬蔑而打折扣,这才是真正的"自我价值",你明白了吗?

也许你正遭遇一次创伤；也许你正面临重大的失败；也许你的好友在没有任何理由的情况下，拒绝你、疏远你；也许你所爱的人背叛你、离开你，以致你自惭形秽，觉得自己毫无价值。

但你可曾想过，这就是你的"价值"吗？你是否看见自己内在的那份价值到底是什么？

莎士比亚有句名言："玫瑰不叫玫瑰，亦无损其芳香。"花朵不会因为有人不喜欢就没价值；也不会因此不盛开和不散发芬芳。不论别人怎么评价你，是否喜爱你，你的价值都不受影响。

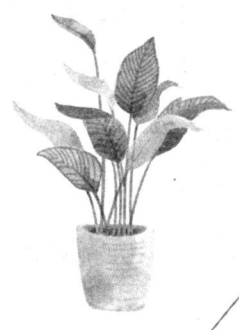

第四节
别人怎么对你,都是你教的——没原则底线

你总是在满足别人吗?你拒绝不了别人的要求,不好意思向他人说"不"吗?你习惯了吃亏、退让、委屈自己,迁就别人吗?那么你可能是个受气包。

受气包,英文是"doormat",意思是逆来顺受的可怜虫。因为你脾气好,所以很好欺负;因为你没自信,所以没有主见;因为你没原则,所以不会拒绝;因为你习惯用讨好迎合的方式与别人相处,最后要么是被别人看轻践踏,要么就是被利用伤害,陷入自己与他人不愉快的恶性循环。

你应该听过类似的抱怨:"为什么他把所有事情都推给我做?"或是"我对他这么好,可是他竟这样对我";又或是"我一再退让,对方反而气焰更高"。你把自己当地垫,别人当然就会踩在你的头上。

你可以对人好,但不该讨好人。包容要有尺度,忍让要有限度。一个人太过于迁就,别人就会变本加厉;你越是忍让退缩,别人就越得寸进尺。

对人善良没有错,但善良要给对的人。在不懂得珍惜的人眼中,你的善意往往就会变成应尽义务;在不知感恩的人眼中,你的付出容易被当成理所应当。

别人对你不好,该负责的可能是你自己

我听说,有个人经常和室友一起点一样的外卖。他知道室友喜欢吃卤蛋,于是常将自己外卖中的卤蛋夹给室友吃。久而久之,室友习惯了他把卤蛋给自己,有时候会从他的外卖中直接夹走卤蛋。有一天这个人想尝尝鲜,就把卤蛋吃掉了。室友发现没有卤蛋了,就问:"我的卤蛋呢?你怎么把它吃了?"

你偶尔帮人，对方会感谢你，但久而久之，对方就会习以为常，因为他早就预料你一定会帮他。如果这次你不帮对方，反而会让他对你产生误会，却忘了上次你帮了他。你习惯了当受气包，突然有一天，没有办法继续对他们好时，他们反而会指责、抱怨，甚至对你兴师问罪。

别人怎么对你，都是你教的。当你懂得尊重自己，重视自己的意愿、感受、想法，别人也会如此对待你。相反，当你处处迎合奉承，那么别人也会对你予取予求。因为无形之中你已经传递给对方信息，即"别人比你重要"，不是吗？

有位读者很生气男友不把她当一回事，写信来问："我那么关心他，为什么他都不重视我的感受，都不在乎我？他怎么可以这样对我？"

"或许是你自己让他这样对你的。"我说。

你认为某人不重视你的感受，但是从深层次分析，就会发现你自己也不重视自己的感受。因别人不在乎你而生气，其实是你太在乎对方；觉得对方无视你、忽略你，也许是你从不重视自己的想法，或是让人习惯性地忽视你；觉得别人从未好好爱你，那是因为你从未好好爱过自己。

别人对你不好，该负责的可能是你自己。

把善良留给懂得珍惜、善待你的人

做人善良没错，但要有原则和底线。《论语》里有一句名言："君子和而不同，小人同而不和。"

意思是君子可以与他周围的人保持和谐融洽的关系，但对待任何事情都必须经过自己的独立思考，不人云亦云，盲目附和；小人没有自己独立的见解，只求与别人完全一致，而不讲求原则，但与别人不能保持融洽友好的关系。

我不同意你、不配合你，不代表就与你不和，而是知道什么原则不能触碰，什么规矩必须遵守，什么底线不容打破，有自己处事的原则，这才是君子。

有原则的人，大家都敬他三分；有底线的人，大家都不敢越界。你不喜欢的事就明讲，如果没有意愿就拒绝，这样关系才会长久。

再者，善良也要看对象，并不是所有的人都值得别人对他好。像有的人表面一套背地一套；你对他让一步，他反而会更进一步；你以真心相待，他却狠心报复。这样的人要当断则断。你必须懂得把善良留给懂得珍惜、善待你的人。

切记，别人会怎么对待你，最终还是取决于你。

原则和底线是一道防线,可以让别人知道:我最基本的原则——我同意什么,不同意什么;哪些可以接受,哪些我不能容忍。界线能让别人学会如何对待你,并让你学会如何尊重自己。

你拒绝别人,就是在告诉对方你的原则和界线。如果他们以后有事找上你,听你说"不",也不会生你的气。因为,他们知道你就是这样的人。如果你处处迎合,当有一天拒绝了别人,反而会被误解乃至得罪人。

成功的待人处世之道,不仅在同意帮助别人时,让人感激你,还要在拒绝时,获得别人的尊重。

第五节

你不做,要叫谁来做?——不做自己

我常常看到好多人在讨论"做自己"这件事,很多人误以为需要学习怎么成为自己,那完全是误解。

如果你的性别是男性,你会需要做任何事情来证明自己是男性吗?不需要,因为你本来就是;如果你的性别是女性,同样也不需要做什么事来证明你就是女性。世上最容易的一件事就是成为你自己。没有比这更简单的事了,你根本不需要做任何努力——你早已是自己了。

但人们不那么想,有人不满意自己的家世、外貌,有人无法接受自己的人生,这就是问题所在。例如,一头牛它想成为一匹马，结果会怎样？它一定会非常受打击，对自己感到非常不满："为什么我的脖子那么短，身体这么胖？为什么我不能像马一样健步如飞，姿态如此潇洒飘逸？"如果这头牛为了学马，特意拉长脖子、踮起脚跟，必定会变得"四不像"。做一个不是自己的人，你永远都不可能做好，即使做好了那也不是自己。

所谓活出自己，就是如此简单的一件事

我读过一则故事：

有个国王走进他的花园，发现那些花草树叶都凋谢枯萎了。

橡树说，自己的叶子之所以凋谢枯萎是因为它没办法像松树那么高。他转向松树，发现它也是枝叶低垂，因为它不能像葡萄藤一样长出葡萄。那个葡萄藤也是枝叶低垂，并说这是因为它不能像玫瑰一样开花。

然后他发现有一棵植物——紫罗兰，花开得美丽茂盛。经过询问之后，他得到了这样的回答："我认为当你把我种下去的时候，你就是想要紫罗兰。如果想要橡树、葡萄藤或玫瑰，你就会种它们。所以我想，既然我只能够成为我自己,而不能够成为其他的,那么就应尽我最大的努力去成为我自己。"

紫罗兰能开出花朵,那没问题。因为花朵已经在里面了,它要做的是把自己显露出来。但是一棵紫罗兰不能变成一棵树,一棵树也开不出紫罗兰。

所以,问题不在于你想变成什么,而在于你必须先了解自己"是什么"。

你听过米开朗基罗的故事吧?

他用大理石雕刻出著名的大卫像。完成后,当地一位艺术赞助人看到雕像,惊为天人,赞叹地问他是怎么雕出如此美丽的作品的。

"大卫已经在那块大理石里。"他回答,"我只不过是把不是大卫的每件东西都拿掉。"

去除所有不相关的"大理石",把自己的样子给活出来。所谓活出自己,就是如此简单的一件事。

活出自己的样子,就活出了自己的品牌

没有任何人可以教你"做自己",所有的方法都在协助你去掉虚假。那个真实的部分你已经拥有了，只需要去除虚假的部分。

常有人问："为什么做自己会怕被人否定？要如何去除这种恐惧？"其实问题不在于去除恐惧，而在于去除你的面具，去除你虚假的人设，去除你一直在试图成为的那个假象。

"活出真我"才能无所畏惧。你只要一直想满足别人对你的要求，只要一直担心别人会怎么想，就会感到恐惧。无畏无惧，只有在你下定决心做自己时才会出现。接纳自己，成为你真实的样子，自在地做你自己，你就会产生自信，无所畏惧。

王尔德有句肺腑之言："做自己吧！因为其他人已经有人做了。"你是谁？你是独一无二、与众不同的人吗？是什么令你与众不同呢？一个人要有自己的品牌，就是活出有识别度的特色。我们不见得会是第一，但绝对是唯一。

这世上不会有另外一个人和我们完全一样，也没有任何一个人的外表、想法与感觉和你相同。能扮演好"自己"的最佳人选，就是你自己。如果你不做自己，那么要叫谁来做呢？

世界是个美丽的大花园，花园里有各式各样的花。不管你是什么花，重要的是，依据自己的特色来成长、开花。

一株路边的鼠曲草破土的时候，长得和野草一模一样。但是，它非常清楚自己是谁："我是一株鼠曲草，不是一株野草。唯一能证明我是鼠曲草的方法，就是开出美丽的花朵。"

你所开出的是小花，别人开出的是大花，并不是因为别人的花大就比较有优越感，也不要因为你开的花小就比较卑微，重点在于你们都开花了。

第四章

用心避免的，
　会落入一心想避免的

PART 4

第一节
专注不想要的，就无法得到想要的——聚焦问题

有一位妇人说："我年轻时发誓，绝不嫁霸道的狮子座男人，也绝不嫁比我年轻的男人，更不会住在乡下。但现在，这三件事我都做过了。"

你是否也有类似的经历：你怕被老师点到名字，正好老师就点到你；你不想遇到某人，却正好遇到他；你担心表演出状况，结果就出了状况。你想什么想得最频繁，就有可能会得到什么。即使你想的是不希望成真的事也是一样的。

你可以拿自己做实验。从现在开始你不要去想柠檬，

千万别想柠檬汁酸气扑鼻的味道,怎么样?你是否想到了柠檬,甚至在分泌唾液?

有位老板非常倚重他的仆人廉波,没想到廉波竟偷了他的东西。基于家法,这个老板不得不把廉波解雇。

这件事情让这个老板相当伤心,因为毕竟相处了那么久。老板因此在书桌前立了一个大牌子,上面写着"我必须忘记廉波"。

结果只要这牌子还放在书桌前,他就一天也无法忘记廉波。

越想避免的问题就越有可能发生

你可以去观察一下那些常常担心、恐惧的人,他们会把大部分心力用于避免不想要的东西上,老想着"我不想失败""我不想失去他""我不想生病""我不想把事情搞砸了""我不想变老""我不想死",从而使自己落入一心想避免的状况中。这些人试图逃避创伤经历,反而导致创伤经历不断浮现出来。你越想避免的问题就越有可能发生。

那该怎么办?你们可以听听这则故事:

有一位旅客经常乘坐客轮。

这位旅客与船长聊了起来:"船长先生,你对河中的每一处险滩一定都知道得一清二楚,对吗?"

船长说:"没有,我对河中的险滩并不完全清楚。"

旅客惊讶地说:"你不知道哪里有险滩,怎么能驾船呢?"

船长说:"为什么我一定要在险滩之间摸索呢?我知道哪里是安全的深水区,不就够了吗?"

没错,"专注你想要的"才是重点。

专注要前往的地方,而不是不想去的地方

多年来,许多成功者都被问到了这个问题:"你大部分时间都在想什么?"不论是哪个领域的成功者,他们的回答几乎是大同小异。成功人士会思考自己想要什么以及如何获得。由于全神贯注的关系,他们比一般人达到的成就更高。

相反,失败者大部分的时间都倾向于思考自己不想要什么。他们大部分时间都在想自己讨厌的人,担心面临的

破 局

问题和麻烦，或反复想着不想发生的状况。

就像有人开新车没几天，就把车子撞坏，他心里很可能想着"我开车时可千万别撞车！"人一直有某个想法，即"预期会发生什么"，结果也就发生了。如果你一直想着自己会倒霉，就可能会碰上倒霉的事。

有位越野赛自行车选手因为在险峻地区赢得了比赛而声名大噪。被人问及成功的秘诀，这位冠军说："我把注意力放在要前往的地方，而不是不想去的地方。"因此，无论路途有多么崎岖不平，他只专注于前方的目的地。

爱默生说："一个人就是他整天所想的那些。"你在生活中寻找什么，就会在生活中发现什么。记住，你要把焦点放在自己喜爱的美好的人和事物上。

在遇到问题时,你不应该问"为什么我那么倒霉",而是要问"我要怎么做才能改善这种状况"。

在解决问题时,你不应该想"怎样才能把这讨厌的情况给排除掉",而是思考"我要用什么方法,才能创造出想要的东西"。

在思考问题时,你要把意念放在"我想要"的事物上,而不是"我不要"的事物上。

第二节
出现问题大多是耐性不够,而不是时间不够——不耐烦

我们几乎在每个小孩身上都看到过缺乏耐性的时候,他们的尿布湿了、肚子饿了,等一下都不行;他们看到糖果就马上要吃,叫妈妈过来妈妈就要马上出现,不然就大发脾气;他们堆积木一下子没有成功就不想再堆,遇到当下无法解决的事情就会立刻放弃。

一些人为什么没有耐心呢?耐心并不是每个人天生就有的,也不是长大了就自动拥有的,而是需要经过学习与磨炼,所以缺乏耐心的人比比皆是。许多人性子急,上网速度变慢就觉得不耐烦;电梯门一开便强行先进入,不管

是否有人要出去；对小孩没耐性，经常大声斥责；对伴侣忍受度极低，动不动就摆臭脸；对父母的关心和意见感到不耐烦；排队等候稍慢或是交通阻塞就心浮气躁；遇到点儿挫折、压力就焦躁发火。

根据以上内容，你反思一下自己有足够的耐心吗？你也经常不耐烦吗？

对别人不耐烦，其实是对自己不耐烦

我有很多次表现出不耐烦，比如饥肠辘辘时，抱怨餐馆上菜太慢；要出发时催促还在准备的太太；多次辅导孩子作业时，耐心被磨光；常在对方还没说完话就急着去表达。这样对我有坏处吗？

我们不耐烦时，很容易表现得粗鲁。记得有次在问诊时，遇到一个病人说话很慢，而且答非所问，我看到后面还排有许多病人，便不耐烦地叹了口气。听到我的叹气声，这个病人满脸歉意地说"抱歉"。

事后我便感到后悔，因为不耐烦让自己失去了该有的礼貌和宽容。这种情况也发生在我自己家里，常见的情况是一家人原本快快乐乐地出门，却因太太或孩子拖拖拉拉，我的脸就开始绷起来。结果可想而知，家里立刻乌云罩顶。

更糟的是，我做了最错误的示范。某天我开车载孩子出门，在一处红绿灯前等了许久，当绿灯转亮，前面的车子没有马上开动。儿子对我说："老爸，你为什么不按个喇叭叫他们快走？"孩子没耐心，也许是受我的影响。

有时你会性急、不耐烦地说出这些话："为什么做这种事？""为什么老给我添麻烦？""这么简单的事也不会，真笨！"你对别人不耐烦，其实是对自己不耐烦。你没耐心倾听："好啦！我知道啦！"你平日惯用随便的一两句就搪塞过去，导致孩子做事也三分钟热度、没耐心重复练习、被批评就生气，也就不足为奇了。

性急的人常表现出不耐烦的态度；凡事求快，急切催促，给自己和别人造成压力。而性急的人对于亲密的人要求较高，控制的欲望也就更大。这就是为何我们对亲密的人容易感到不耐烦、嫌弃、爱发脾气。

一个没耐心的人容忍度越低，越容易被激怒；而经常发怒的人则会让身边的人不敢亲近他，关系也会变得疏离。在职场上也同样如此，不少员工很怕跟主管报告事情，因为总是没讲几句话，急躁的主管就开始不耐烦，要么听不下去，要么理解错误。

一旦出现不耐烦的情绪，我们就会犯错，或者事后感到后悔。

有位女孩告诉我，当她妈妈打电话说不舒服时，自己正在上班，所以不耐烦地回道："我现在很忙，等下班再说。"不料之后再回拨，电话那头却一直没人接听，因为她的妈妈已经过世了。

要学会有耐心，就先得耐烦

人怎样才能更有耐心？

耐心是一种心理素质，可以借由刻意地练习而大幅度提高。当你遇到一些不耐烦的事时，就是练习耐心的最好机会。比如，你排队时需要耐心、陪孩子玩需要耐心、人际沟通需要耐心、学习才艺需要耐心、读书需要耐心、投资理财需要耐心、职位升迁需要耐心、对没耐性的人需要耐心等。任何事大抵都得经过"耐心"的考验，你这一关没过，就很难挑战难度更高层次的考验。

你想要学会有耐心,就先得耐烦。为什么有些学生进入社会之后,不断更换工作,最主要的一个原因就是"不耐烦";有人处理小事还可以,但事情多了或遇到大麻烦就沉不住气,因为"不耐烦";有人一事无成,做事虎头蛇尾、三心二意,遇到困难就放弃,也因为"不耐烦"。不耐烦都是你的心浮气躁导致的,因为你还不够成熟、沉稳。而自己不耐烦,就容易对别人不耐烦;之所以出问题是因为你耐心不够,而不是时间不够。

人若想改变不耐烦，最简单的方式就是一次做好一件事。

人不能同时集中注意力在不同的事上，也不能同时做两件或更多的事。如果人经常在同一时间做不同的事，就无法集中精神，结果可能会顾此失彼，一无所获。如果你有太多的事情要做，太多的问题要处理，就很容易烦躁不安，这也是导致你不耐烦的主因。

古代禅师开示修行之道："吃饭时吃饭，走路时走路。"道理即在此。"一次一事"，其他的事你暂时不用管；这件事做完之后，你再做另一件事。这样可提升你的耐性与效率，你可以试一试！

第三节

为什么这种事一再发生在我身上？——人生课题

在你的生活中，有哪些问题会重复地困扰你？金钱、感情、工作、健康或是人际关系？我们还可以更细化到同侪互动、夫妻相处、子女教育……

的确，每个人都有烦恼，我也不例外。但是，你有没有想过，为什么有些问题总是一再发生，为何不断地发生在自己的身上？

你一定也听说过，有人去哪里都跟人不和，有人投资老是赔钱，有人总是一再识人不清、遇人不淑……

有个人想要搬家——这已经是他今年第三次搬家了。

朋友好奇地问他："住得好好的，怎么想搬家？"

那个人抱怨："这里的人都很差劲，难相处，所以我想搬到其他地方。"

朋友问："你不是才搬来不久吗？"

那个人说："是啊！还是不喜欢。"

朋友又问："原因都是一样吗？"

那个人说："对啊！"

朋友说："我看你这样搬家也是无法解决问题的。"

那个人说："难道你有好的办法？"

朋友说："换了那么多地方都有问题，难道你没有想过，问题可能出在自己身上吗？"

所有的问题都是我们没有学会的功课的再次体现

为什么你会遇到某些问题，别人却不会？你是否发现，当别人陷于某个问题里时，你通常都能发现问题的症结所在，并给予不错的建议，但是当自己遇到问题时却不知所措？

问题都是来自"无知"。谁会遇到问题？只有那些"不知道"的人。

比如在做某件事之前，不管周遭的人怎么劝阻你，你还是去做——走一条不该走的路，爱一个不该爱的人，犯一个不该犯的错。这很可能就是"你"的生命课题；而如果别人不听你的劝告，那可能是"他"的生命课题。

有时你越不想遇到的人，往往就会遇到；你越怕碰到的事，偏偏就会碰上；你一直设法避免的状况，又会再次发生，所有的问题都是再次呈现在我们没学会的功课中。

有时你想不明白，这种事怎么会发生在自己身上："为什么是我？""为什么我又遇到这种人？""为什么这种事一再地发生在我身上？"你疑惑、气愤、不平、不解、痛苦，苦苦挣扎，却又无法脱身。因为你没看清，那些最令你恐惧、厌恶的，也是最需要面对的；你最抗拒、排斥的，也是最需要学习的。

生命的伤口，人生的另一个出口

《给读者的警告》这首诗里，作者曾说："有时候我们要活下去的话，就必须走过一些黑暗和有困难的地方。"他举了一个例子，一群深陷废弃谷仓的小鸟，看到光线从墙上的木板缝隙里透进来，因受到光线的吸引，就拼命地想从墙上的木板缝隙中飞出去，却怎么也找不到出口，最后筋疲力尽地掉到地上死去。作者写道："出口其实就是老鼠进出的地方，但老鼠洞在地面上。"

你生命中的每一道伤口，其实是通往你人生的另一个出口。有位智者曾说："唯有进入深渊，我们才能寻回生命的宝库。你跌倒的地方，正是宝库的所在地。你最害怕进入的洞穴，正是你探索的源头。"

找出你的问题与人生课题：

你在生活和人际关系中，最害怕发生或是想避免的事是什么？

有哪些人或事会触发你、伤害你、激怒你，让你觉得挫败？

你周遭的人常抱怨你的哪些习惯、行为和特质？

在工作、金钱、感情或是健康方面，有哪些事让你感到挫折或不满？

生活中有哪些是你不喜欢却一再重复发生的事？

找到人生课题的过程有点儿像成长，你不会因为长大而突然变得更快乐、更成熟、更有智慧。如果你没改变的话,同样的问题便会一再地出现。你会以同样的剧本、同样的模式,演同样的人生。直到有一天学会了用新的心态、新的方式、新的体悟去生活,你才会开启全新的人生。

第四章 用心避免的，会落入一心想避免的

> 你没学会的功课，都会以不同的面貌不断地出现在你的生命中，直到你学会为止。
>
> 当你学会某件事时，它就成了你的一部分，于是这些问题就消失不见；即使再次遇到了，对你来说也不再是问题。直到你遇到其他的问题，再学习下一堂课。

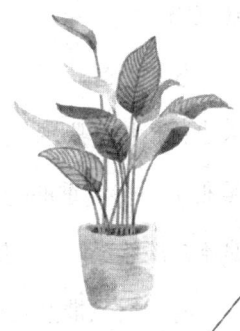

第四节
最严重的事是凡事看得太严重——小题大做

你是否有过类似经历,当时你真是气炸了:你的车子被剐、房屋漏水、朋友爽约、孩子跟你顶嘴、上司骂你一顿、店员态度恶劣、伴侣又忘了你交代的事。而今呢?你还气吗?

你再回想一下,几年前发生在你身上的那些不得了的大事:扭伤了脚踝、遗失了钱包、大考落榜、失恋受骗或是犯了一个严重的错误。多年后的今天,你再回顾过往,是不是淡然了许多,甚至早已淡忘?

有一回我带家人到福寿山农场野营,就在饭菜都准备好时,天空竟飘起雨来,浓浓的雾气夹杂着忽大忽小的风,把桌椅都淋湿了,我们的衣服、鞋子也都湿透了,真扫兴!当时我边收拾边骂。奇怪的是,今天当我跟别人谈起那一件事时,浮现的不是倒霉的回忆,而是充满趣味的欢乐经历。

从山顶望着地面,我们永远看不到坑洞

当问题发生时,人们总是太严肃、太小题大做,而无法享受当下。等事过境迁再回头看,这些当时看起来非常严重的问题,也没什么大不了了。这就是为什么智者一再提醒人们:"凡事站远一点儿看。"

想象一下,你走在市区路上经过某个街角时,突然有个人冲出来撞到你,那个人却头也不回地继续往前走。碰到这种情形,任谁都会生气。你现在换个高度,想象你从某个高楼看到了这一幕。你看到两个人发生了碰撞,还看到了路上来往的行人,看到了川流不息的汽车,看到了远方的山峦、河流。当你越看越远,再回头看刚刚那个小意外,是否觉得无足轻重了?

我喜欢登山，从山顶望着地面，我永远看不到坑洞的脏乱。我看着开阔的蓝天，觉得远方起伏绵延的山峦让我心中的烦恼一扫而空。当然，你不必跑到山上才能远离问题，暂时跳脱不愉快的情境，你就远离了问题。当你一直沉溺于某个问题，乃至看不到其他事物时，就意味着是暂离的时候了。

你可以试着跳脱出自己目前的处境，从你所面对的状况出发，想象你从未来看这件事："这个情况真的有我所想的那么严重吗？""十年后我还会在乎这件事情吗？"这个简单的练习对情绪起伏、陷入困局的你非常有用。虽然无法解决你面临的问题，却可以让你把眼光放长远，这正是你所需要的。

用幽默的心情看待恼人的事情

人生大多的问题都是小事，这些事与生死攸关的事相比，都是微不足道的。再难过的事，到了隔天就是往事；再倒霉的事，隔了一段时间以后再看，很可能成了一桩趣事。

有次我和朋友聚会，席间刚好聊到体重的话题，一位发胖的朋友说了自己的遭遇。某一天,他到商场闲逛,正要离开的时候,没想到店员把他叫住,要他打开外套。原来是店员看到他的"鲔鱼肚",怀疑他衣服里面藏有东西。我朋友当时真是又气又窘,而今呢?他竟把这事当作笑话说给大家听。

我喜欢跟老同学聚会,其中最美好的一件事就是"什么都想起来了":当时的蠢事、糗事、伤心事,在我们的回忆里,它们都变甜了。当时老师的严格、凶恶、无趣,我们现在聊起来都成了笑点。

当火气上来时,你要试着去找找看这件事有什么有趣的地方。比如,约会的经过越曲折离奇,旅游的过程越不顺,被骗的经历越离谱,规划好的事越出状况,音乐会越无聊,办事员越刁难你,服务生越粗鲁,学生越调皮,朋友说话越夸张,伴侣毛病越多,出的丑越大……以后你把它们当作笑话来说,就越精彩有趣。

用幽默的心情看待恼人的事情,你会发现,问题变小了,当事情在你的心里变小,就变得很好解决了。这时,你不是解决问题,而是让问题消失。

破 局

你还记得10年前那件给你造成很大困扰、让你气到抓狂的事吗？你现在再看那件事是否觉得并没那么严重，或已经没有意义了？

在你为了一些芝麻小事而抱怨的时刻，想想10年后的自己还会觉得那些事很严重吗？你气急败坏的这一刻，会让你留下什么样的回忆？

在你失意落难，为求不得所苦的时候，想想10年后，你会如何看待今天遇到的问题？你从一辈子的角度来看待，想想它会给你留下什么回忆？

第五节
你总是"想太多"吗？——反刍思考

很多事你想太多，简单的事也变得复杂；很多事你想太多，单纯的事也变得烦乱。因为你想太多就是问题的根源。

人们喜欢想东想西，却很少有人真正了解思考是什么。为什么你会不断地思索？那是因为你不了解，才左思右想。如果了解了，你还需要去想吗？当你开始了解了，思考也就消失了。就好比你在黑暗中摸索，必须思量："路要怎么走？哪里有障碍物？"如果你看得见，就不必思索，一切都很清楚。

许多人在遇到问题时常陷入苦思中，大家误以为自己想久了就会"想通"。事实不然，当我们不断思考某些问题时，这就是所谓的烦恼，不是吗？我们一直在反复思考那些烦恼，只会放大问题，越想心越烦乱，这种思考方式在心理学上被称为"反刍思考"。

思绪为什么"剪不断、理还乱"

聚焦于自己的问题与状况，你就会一直纠结那些问题与状况。当情绪低落时，你会想到一些闷闷不乐的事，这导致你的心情更低落，又想到更多消极的事，以致沉溺在负面的情绪当中。这样的反刍机制一旦开启了，是很难停下来的。

它会占据你的大脑，影响我们对其他事情的思考，消耗我们的能量和精力，降低解决问题的能力，同时，也会减少我们生活中其他可用的时间，影响我们享受美好的事物和幸福的时光。近年来研究发现，过度思考变成习惯，是导致我们出现心理疾病的主要原因之一。例如，焦虑者越是想焦虑的事，就越感到焦虑；忧郁的人越是想忧郁的事，就越来越忧郁。

印度人抓猴子的方法很特别。他们会将椰子打个洞，把香蕉放在椰子里，绑在树上。猴子想吃香蕉，只能将爪子伸进椰子内拿香蕉，爪子却被卡住拔不出来。如果不松爪子，那猴子就会一直被卡在那里，动弹不得。但它只要愿意松开爪子放下香蕉，就可以成功逃脱。其实，我们有时和进退两难的猴子无异，牢牢抓着各种问题不放，结果就会被问题"卡"住。

专注在你所做的事情上，就不可能胡思乱想

反刍思考一旦开始，往往难以停止。以下四种方法可以帮你摆脱此种困境：

1. 观察念头：就像走进电影院看电影的观众，当观察你的念头时你会发觉，你的想法在不断发生变化。随着观察你会明白：我有烦恼，但那些烦恼只是外在的。你烦恼的事虽不会因此而消失，却也不会再让你产生困扰。

2. 回到当下：当你活在当下，你可以想过去，也可以想未来。当下里只有活生生的体验，如果你全然专注此时此刻，专注在目前所做的事情当中，就不可能胡思乱想。

3. 转移注意力：你可以把注意力转移到令自己快乐的事情上。逛街、看书、看电影、运动、跳舞等，让自己全身心投入其中，你便会放下那些想法。

4. 把想法写下来：与其让想法在脑海中百转千回，你不妨将它写在纸上，或把它逐一列出来，这是平静内心的好方法。"书写"心中的话，你可以很清楚地发现自己的思考模式，这也是一种自我咨询。写下来后，我们有时间再去思考，这件事便不会再占据你所有的心思。

如果你有挥之不去的负面想法，同样也可以把它们写在纸上，再丢进废纸篓里。心理实验证实，当你把这张纸丢弃时，你的心理负担也可能会同时被丢掉！

你想知道何为"反刍思考",可以问自己以下3个问题:

1. 反复思考这个问题,你是否有解决方案?
2. 反复思考这个问题,你是否感觉好多了?
3. 反复思考这个问题,你是否看得更清楚?

如果这三个问题的答案都是"不"的话,就是反刍思考。

反刍思考不是在解决问题,而是在放大问题和烦恼。你想得越多,或许就会越纠结;情绪越强烈,心情就会越起伏。

第五章

未提升的人性，
是最大的不幸

PART 5

第一节 永远不要从别人的口中去认识另一个人——说人是非

有人的地方就有是非，因为人的通病就是好道人长短，好说人是非。茶水间的八卦，朋友圈的吐槽，三姑六婆的闲言闲语……随处都有人在绘声绘色地讲八卦，飞短流长，道听途说；更糟的是说话者很少在当事人面前说，而是在背后议论。当口耳相传，添油加醋后事实早已失真。在人云亦云、以讹传讹的情况下，那些捕风捉影的事也就成了真的。

如果有一个人说你是贼，人们也许嗤之以鼻地不予置信；如果有两个人这么说你是贼，这时人们的心态就会动摇了，也可能会半信半疑；后来有三个人或更多的人都这么说你，很可能大家就会把你当成贼看待了，这就是谣言的可怕。

多年前，我的部门同事向上司告我的状。我不知道上司有多相信部门同事说的话，但很明显的是，后来我和上司之间有了嫌隙，关系越来越疏远。还好在调职前，有主管说漏了嘴，我才得以向上司解释。否则，我不就哑巴吃黄连——有苦说不出了？

我们论人是非，或许觉得没什么，但被说的人却如芒刺在背，这是把自己的快乐建立在别人的痛苦之上。我们损害了他人的名誉，万一所说的话传到当事人的耳朵里，也伤害了彼此间的感情。

一个人的口德就是一个人的品德

我小时候住在乡下，村里几十年的邻居也难免会产生纠纷，但并没有深仇大恨，只是有些人乐此不疲地喜欢嚼舌根，被其他人听到后，搞得怨气越来越大，老死不相往来。

所谓"来说是非者,便是是非人"。被议论的那个人,未必是是非人;议论别人是非的,必会惹是生非。

我曾不止一次听到有人通过朋友来转达,要我小心某人,因为他们听到他在背后说我的坏话;也曾有朋友来告诫我,某人是双面人,要我和他保持距离。可见,我们在别人面前诽谤他人,听者可能会严格评断我们的话;我们在背后中伤他人,别人会对我们更加防范;我们破坏别人的名誉,其实损害的是自己的信誉。

一个人的口德,就是一个人的品德。古希腊哲学家苏格拉底早就提醒过我们:"别听信搬弄是非者的话,因为他不会出自善意。他既会揭发别人的隐私,当然也会同样待你。"一个人会在别人背后捅刀,同样也会在背后对你下毒手。他今天和你说别人的缺点,明天就可能和别人挖你的痛点。他会出卖朋友,难保不会这么对你。

试想,明天让你和别人进行角色互换,你作何感想?

哲人说,我们要说的话,一定要经过"三个筛子"——也就是"三个问题"的过滤,才可以对他人说。

第一个筛子,你要说的事是"真实"的吗?

第二个筛子,你要说的事是"善意"的吗?

第三个筛子,你要说的事是"重要"的吗?

如果你要告诉别人的事既不真实也非善意,更不是重要的,那么就别说了吧!如此,那个消息便不会对别人造成困扰。

一句坏话造成的伤害,一百句好话也弥补不了

对事不了解而妄加论断,是不客观的;对人不了解而妄加论断,不但不客观,更是不道德的。你的耳朵听到什么,固然不由你;但你的嘴要说什么,那可就完全在于你了。伤害别人的话千万不要乱说,不要做流言的源头,当然你也不能成为是非的传播者。一句坏话造成的伤害,你一百句好话也弥补不了。

曾有人跟我讲过一个朋友的事情,当时我惊讶万分:"怎么可能,他不该是这样的人啊!"可是对我说这话的人言之凿凿,让我半信半疑,甚至开始动摇我对朋友的看法了。

那之后接连好几天,我都难以释怀。想想我认识的那个朋友,再想想别人说的那些话,我满腹疑惑:这真的是同一个人吗?

突然,我恍然大悟:我应该先查证一下或直接找当事人问清楚。至少我要先用"三个筛子"筛过一遍,让不"真实"、不"善意"、不"重要"的事先过滤掉,而不是从别人的口中去认识另一个人。没错!

破 局

有一句格言:"只要注意三件事,你将不至于陷入罪恶的深渊。它们是有一双眼睛在看着你,有一对耳朵在听着你,你的所有言行将被记录于书里。"

你谈论别人时,要觉得他们仿佛就在你的眼前——你会怎么说?

你在别人背后能做的最好的事,就是赞美他,因为这些话很可能都会传到当事人的耳朵里。对在背后说你坏话的人,最好的报复也是赞美他。你连诋毁自己的人都能赞扬,还愁没有人喜欢你吗?

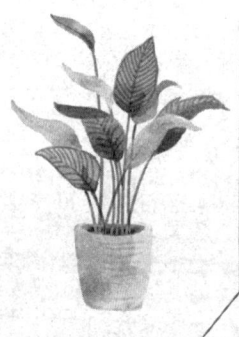

第二节
这世上有一种东西有百害而无一利——爱发脾气

生活中谁都有过为琐事争吵的经历,争到后来,我们就不再是为争对错,而是为了争一口气。也就是说,我们是被自己的情绪牵着走的。所以,吵架时我们真正的敌人不是吵架的对手,而是自己的情绪。

人会发脾气,无非是你不服气,忍不住生气,为了出一口气。然而如果我们暴跳如雷、气急败坏,不但会伤害自己的身体,扰乱自己的心情,还会伤了和气。最可怕的是我们的火气上来之后,就会思虑不周,言语粗暴,表现失态。一时的冲动可能让我们做出鲁莽愚昧的事,导致自己终身后悔。

你和同事生气,工作会不顺利;你和朋友生气,关系会出现裂痕;你对伴侣发飙,婚姻关系容易破裂;你和亲人生气,心的距离会越来越远;你经常对孩子大呼小叫,不仅会造成孩子暴躁易怒,孩子也会学习用乱发脾气的方式来表达自己的情绪。失控的"情绪"才是我们最大的敌人。

有些事你该知道

若你爱发脾气,则可能会众叛亲离。爱生气的人犹如刺猬,表面让人很害怕,但内心是害怕受伤的。你用外表的刺来保护自己,却也让人远离了自己。

脾气不好的人总是摆着臭脸,让人不敢亲近他;动不动就发脾气、喜怒无常的人会让人不知该如何与他相处共事,唯恐避之不及。你发脾气只会让自己更生气,也让其他人生气,让双方关系变得更糟糕。

人愤怒的时候就会犯错。人愤怒的瞬间,智商或许为零。根据交通意外事故统计数据可知,事故发生的原因有

第五章 未提升的人性，是最大的不幸

1/3 是驾驶员盛怒、激动地驾驶，而其中的 2/3 会造成死亡的后果。平日明理聪明的人可能会做出失去理智的事。只要你到监狱去问问看，有一半以上服刑的人会告诉你："要是当时我能控制好情绪，现在就不会被关进牢里。"愤怒的后果，远比它产生的原因更令人担心。

生气是慢性自杀。这是真的！据研究发现，人的七成疾病与情绪有关。常常生气的人，会降低自身的免疫力，从而更容易生病。你每生气一次，心脏就会受伤一次，致使罹患冠状动脉疾病的风险增高。愤怒爆发后，不仅导致动脉瘤破裂的风险要高出平常的 6 倍，还会加剧广泛性焦虑症及抑郁症，让情绪变得更糟糕。若人经常感到压力或愤怒，可能会缩短其寿命。

生气不能解决问题。很多人说，有气当下没有发泄出来，就会不开心。但是你发泄了情绪，就可以解决问题吗？还是你让问题变得更严重和更棘手？

不要成为胡乱生气的人。如果你生气，别人会更注意你的怒气，而不是你的问题。

大部分的事都不值得你生气。生气的本质就是拿别人的错误惩罚自己。你和敌人生气就中计了，气急败坏会丑

化自己,气出了毛病,伤了自己。你和傻瓜交战,自己便成了傻瓜。

发脾气是本能,控制脾气才是本事

雄狮远远地看见一条疯狗来了,赶紧躲开。

小狮子说:"爸爸,你敢和老虎拼斗、与猎豹争雄,如今却躲避一条疯狗,多丢人啊!"

雄狮说:"孩子,我问你,打败一条疯狗光荣不光荣?"

小狮子摇摇头。

"让疯狗咬一口倒霉不倒霉?"小狮子点点头。

"既然如此,干吗要去招惹一条疯狗呢?"

林肯说:"你最好是让路给一条狗,不要和它争吵,以免被它咬。因为即使你杀了狗,也治不好你的咬伤。"

我自认为个性开朗,很少发脾气。可是,我每次生气时总会做出让自己后悔的事,或是说出让自己后悔的话。

每后悔一次,我就会暗自检讨一次,希望下次生气的时候不要做任何伤人的事情、不要讲伤人的话。但有过多次生气的经历后，我发觉并不容易控制住自己的脾气，因为人在生气时多半会失去理智，言行和情绪都会失控。

你生气不是不行，但不要忘了"生气的目的"。你在发怒前就得想清楚：自己到底在气什么？

你因某人而生气，想想看：对方有道理吗？如果对方有理，是你的过失，你凭什么生气？反之，如果对方无理，错的是对方，你又何必生气？

你在无法忍住生气的瞬间，要问问自己：那些不重要的人和事是否值得你生气？而那些你爱的人，需要你如此计较、生气吗？这对你有用吗？

如果你意识到发脾气是没有必要、没有帮助、没有建设性的事，那就冷静下来吧。你发脾气是本能，控制脾气才是本事。一个连自己的脾气都控制不好的人，通常也没多大本事。

你可以试着延缓发怒。你生气时，试试看延缓10秒，再以你一贯的方式爆发出来。下一次，你试试延长30秒，从而不断延长发怒的时间。一旦你能延缓发怒，就证明学会了控制自己的脾气。

你也可以试着"在心里倒数"。例如"100、97、94、91、88……"，从100开始每隔3个数往回数。当我们使用理性思考的"大脑新皮质"回到冷静判断的状态，即可避免受怒气的驱使，表现出冲动的言行。

第三节
受不了气，成不了大器——打击与伤害

"感谢那些伤害过我的人。"

许多成功人士在受访或在颁奖典礼上说获奖感言时，都说过类似的话："我应该感谢他。当时他那么骂我、侮辱我……没有他，我不会改行。""如果没有这位敌人的批评，我也不会颠覆自己，做出这么大的突破。""要谢谢曾经很不看好我的人，给了我很大的动力，让我一直很努力。"

事实上，伤害本身并不是带着礼物和祝福而来的。有些人历经伤害只会埋怨而没有成长，只停留在愤恨中却没变强大，甚至从此一蹶不振。所以，你真正应该要感谢的

不是伤害自己的人,而是自己。要感谢的是你在受伤之后没有放弃自己,依然熬过难熬的日子,勇敢地走下去。

打击你最深的人,造就一个更坚强的你

每个人都期待生命中出现的贵人,但更多时候遇到的是敌人。什么样的人是"敌人"?是严苛的主管,难相处的同事,给你带来许多麻烦的人,还是发现我们的弱点或者批评我们错误的人?是难搞的对象,还是竞争对手?都不是,所谓的"敌人"不过是你所排斥、厌恶而产生的对象。

李安执导的《少年派的奇幻漂流》这部电影中有许多发人深省的寓意,每个人的体会都不同,而我对这部电影的最大感触是"敌人也是贵人"。

假设当初电影的剧情是一只猩猩或一匹斑马被遗留在了海上,但猩猩或斑马对派并没有太大的威胁,可能最后猩猩或斑马和派一起死在了海上。

但这部电影安排派与老虎相依为命。因为老虎嗜肉如命的本性,也激发了派的求生意志,最后让他克服了一切困难活了下来。

你需要的贵人，很可能就是让你不好过的敌人。打击你最深的人，可能会造就一个更坚强的你。

正因为别人的伤害、打击，让我们看清了人性的丑恶，看见什么是生活的真相，并让我们逐步走向成熟。

正是那些批评、责难我们的人，盯着我们的短处不放，让我们看清了自己，反省修正，进而成为更优秀的人。

正是那些拒绝我们、侮辱我们的人，让我们的内心变得更强大，在受尽委屈、折磨时也能激发我们的潜能。或许没有他们，便没有现在的我们。

不和敌人交战，而是向自己挑战

若你受不了气，就成不了大器。成功来自贵人的提携，也来自敌人的激励；若你没有重重摔过跤，就不会风风光光再站起来。

有个女星被最好的朋友欺骗，投资生意失败，赔了几千万元人民币。爆发财务危机后，这个女星负债累累，演艺事业也掉入谷底。但更让她难过的，还是她亲密的好友

破 局

不断对媒体放话,把责任全推到女星头上。

10年后,坚强的她站了起来,不但还清了债务,事业也重回正轨。她某次接受访问时,聊到这段让她伤痛的过去。

主持人问:"当时遭到最好的朋友背叛,难道你不想报复吗?"

女星坦言:"当然会。我曾想自杀,让她后悔一辈子;我曾想通过关系,毁了她的事业;我甚至曾想找人恐吓她,让她尝尝活在恐惧中的滋味。"

主持人问到这一内幕消息后,连忙趁机追问:"那么你最后究竟进行了什么报复行动?"

女星耸耸肩:"后来我想了想,我自杀死了,她顶多自责一阵子,不值得;毁了她的事业要花不少心思,但我却不会因此多赚一点儿钱,不值得;找人恐吓万一事情败露了,我还会吃上官司,毁了我的人生,更加不值得。"

主持人显得有点儿失望:"所以,你根本什么事也没做嘛!"

"不,我后来想出了一个方法,对她而言是最严厉的报复。"女星回答。

"是什么?"

"因为她恨我,不希望看到我快乐,不希望看到我成功,"女星微笑着说,"所以我对她最严厉的报复,就是让自己过得很好!"

不和敌人交战,而是向自己发起挑战。这世间最好的报复,就是让自己迈向成功,告诉当年的敌人:我没有被打倒,而且活得很好,说来还要感谢你!

破 局

要知道"敌人""仇人",都可以激发你的潜能,成为你的"贵人"。

你试着以看待"贵人"的眼光来看待"敌人",不仅能发现别人的优点,也能帮助自己与他人相处,更能在过程中互助合作,互相学习成长。

写一封信给你的"敌人"。在这封信里,你可以写下一件真心感谢对方的事,并具体说明这件事对你的正面影响。

"谢谢你的提醒,让我重新思考我的言行……"

"你上次提到的见解,我现在回想起来很有道理,真的要谢谢你!"

你要经常做这个练习,就会发现周遭都是"贵人","敌人"随时都有可能变成你的"朋友"。

第四节
世界上最浪费时间的两件事——担心与抱怨

人常担心的事有两种：一种是你无法控制的事，如股票涨跌、加薪晋升、天气变化、生死祸福等；另一种是你准备不足的事，如考试、比赛、面谈、演出……我们之所以会担心这些事情，是因为怕把事情搞砸或事与愿违。然而担忧对我们毫无帮助，还会影响我们应对事情的心态，徒增烦恼。

人爱抱怨的事也有两种：一种是不如意的事，一种是不满意的事。我们常会看到一些人在不顺遂的时候，最常做的也最容易做的就是抱怨，可问题还是没解决。任何人都希望能够事事如意、事事满意，但这是不可能的，所以你永远也抱怨不完。你的抱怨只是在浪费时间，如果你向别人抱怨，就是在浪费别人的时间。

担忧徒增烦恼，抱怨众叛亲离

一位朋友的太太，几乎每次在和我见面时都在抱怨，抱怨老公不体贴，抱怨孩子不争气，抱怨公婆难相处，抱怨亲戚自私，抱怨家务做不完，抱怨工作不顺利。可是过了这么多年，她的口中嫌弃到要命的那些人依旧如此，她自身骂到不行的工作依然在做。旁人给她的建议就像耳边风，她一点儿都没变，只是周遭的关系变得更糟，招来更多的抱怨。

解决问题是一回事，抱怨问题是另外一回事。抱怨会阻碍你积极且有效率的生活节奏。更重要的是，它是很多负面情绪的根源。我们的负面情绪有九成来自对别人的抱怨、对事情的不满意。

担忧也是如此。根据心理学家的研究，在人们烦忧的事情当中，约有一半根本不会发生，有30%是既定的事实，剩下约20%则是无关紧要的事。换句话说，在我们所担心的事情当中，大多数是杞人忧天、庸人自扰的。

比方，你担心会不会迟到、担心出门会不会下雨、担心路上会不会有危险、担心考试会不会通过、担心客户会不会反悔、担心自己是不是生病了、担心别人是不是讨厌自己、担心晚上会不会失眠、担心自己会不会缴不出贷款……你的担心能避免事情的发生吗？你的担心有让结果变好吗？你的担心有帮你解决任何问题吗？

有句话说得好："不为模糊不清的未来担忧，只为清清楚楚的现在而努力！"未来是不确定的，不管对未来的担忧有多少，你永远都不知道将来会发生什么事。人生最重要的是你现在正在做的事——你能为未来所做的最好准备，就是把眼前的事做好。

如果事情不能改变，抱怨毫无作用

你别担忧太多，先反思自己准备好了没。

你怕表现失常，把事情搞砸，结果比赛失败了，最可能的、最直接的原因就是准备不充分。所以你加强练习，绝对好过一直担心。"做最好的准备，做最坏的打算。"你要有万全的准备来应付各种突发状况，才不会让自己碰到突发状况时自乱了阵脚，手足无措。当你连最坏的打算都不怕时，那你也没什么好担心的了。

你别抱怨太多，先反思自己做了什么。

我们要常在心里问自己：我在解决问题吗？我已成为问题的一部分了吗？你如果老是抱怨，本身就是个问题。

《不抱怨的世界》的作者威尔·鲍温讲得非常清楚："吼叫不会让你好过一点儿，反而会让你更生气；抱怨不会让问题得到改善，反而会让情况继续僵持，让你因为陷入不满—抱怨的循环中更加不满。你越发泄越不满，问题只会越来越多；你努力处理才能释放负面能量，让自己释怀。"

的确，如果事情可以改变，你何必担忧？如果事情不能改变，你抱怨又有何用？

你遇到不如意、不满意的事时，问自己：这是我能掌控的事吗？

你能控制天气吗？你能控制别人的个性吗？你能控制他们对你的态度吗？你的婚姻、小孩、健康、事业、人际关系，都是你能决定，按你的期待发生的吗？在工作上你可以决定晋升吗？在投资上你可以保证获利吗？你能确定你爱的人就一定会永远爱你吗？你对一个人好，他就会对你好吗？

如果事情不是你能掌控的，那么你接下来问自己：我能做出改变吗？

若是不能，你为什么要去担心、抱怨呢？你担心、抱怨就能改变现状吗？

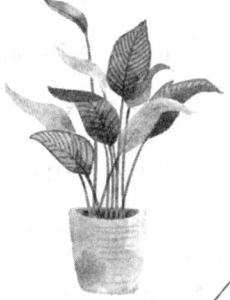

第五节
心态决定一个人的状态——敷衍怠惰

三个工人在工地上砌墙。

有人问他们:"在干吗?"

第一个人没好气地说:"砌墙,你没看到吗?"

第二个人笑笑:"我们在盖一幢高楼。"

第三个人笑容满面:"我们正在建设一座新城市。"

十年后,第一个人仍在砌墙,第二个人成了工程师,而第三个人是前两个人的老板。

三种不同的回答展现出了人的三种不同心态,决定了三种不同的人生。

人们每天做的事都差不多,上班上学、吃饭睡觉、爱人与被爱。然而,现在问题来了:如果人们做的事都差不多,那么,是什么东西让他们变得不同?为什么有人总是笑脸常开,有人却总是绷着脸?有人做事认真负责,有人却消极敷衍?有人充满热情,有人却意兴阑珊?

答案是"心态"。

人们采取什么心态,往往取决于他是什么样的人

什么是心态?简单地说,就是心理状态,心态就是通过外在行为来表达自己的内心想法。你对工作的想法,就是你对工作的心态;你对婚姻的想法,就是你对婚姻的心态;你对人际关系、周遭环境,以及人生各种经验的想法,都体现出你对这些事情的心态。

举例来说,在课堂上,老师突然把你叫起来,问了你一连串的问题,这时候你想的是"感觉老师是有意为难我",还是"我觉得这个机会难得,这是很宝贵的一节课",这体现的便是"心态"。

你每天为什么要上班工作呢?"没办法,我必须赚

钱。""我可以发挥所长,有成就感。""我能从中学到各项技能,将来往更高的职位发展。""我有机会自行创业,一圆当老板的梦想。"你抱有什么样的心态,往往就可能有什么样的表现。

  一个人若是得过且过的心态,那么所表现出来的就是敷衍懒散,每天浑浑噩噩地过日子。一个人若是积极进取的心态,那么所表现出来的就是负责敬业。所以由心态也能够看出一个人是什么样的人,心态就是一个人对自己的人生态度最真实的反应。

  心态决定了一个人的成败。来自哈佛大学的一项研究表明,态度比聪明才智、教育、特殊才能、时机更重要。人生中有85%的成功都取决于态度,15%则在于能力。虽然要将这些特征以准确的百分比列出来是很困难的,不过,那些研究人类行为的专家都认为:一切成功的起点是培养一个好的心态。

  心态,决定一个人的状态。你有良好的心态,就能每天保持饱满的状态,积极学习,勇于挑战,有团队合作精神,愿意付出更多。好的心态就是创造自我价值、拥有好人缘的原因之一。

心态是决定一个人快乐与否的关键。因为人可能无法改变外在环境和天生条件，但改变心态却是我们可以做到的。对于自身无法掌握的事情，态度是你成功的关键。

一旦心态改变了，一切就跟着改变

通用公司的裁员名单中，内勤办公室的艾丽和密娜都榜上有名。按规定，她们俩都将在一个月后离开公司。

第二天上班，艾丽的情绪很激动，谁跟她说话她都气冲冲的，逮到谁就向谁发脾气。裁员名单是总经理定的，跟其他人没关系，艾丽也明白这一点，但心里气不过，又不敢找总经理发泄，只好找别人出气。

自然，大家都尽量避开她。办公室订外卖、传送文件、收发信件原本是艾丽做的，现在都无人过问。艾丽原本很讨人喜欢，但现在她还未离职，大家却有点儿讨厌她了，希望这个月赶快结束，好让她早点儿离职。

密娜也很讨人喜欢，同事们早已习惯了这样对她说："密娜，帮我把这个打印一下！""密娜，快把这个传出去！"密娜总是愉快地答应，愉快地去做她该做的事。

破 局

　　裁员名单公布后，密娜哭了一晚上，第二天上班也是无精打采的。但在打开电脑、拉开键盘后，她就和往常一样工作了。密娜见大伙不好意思再吩咐她做事，便特地跟大家打招呼，主动找事做。她想着反正做也是过一天，不做也是过一天，以后想做恐怕都没机会了，不如做好最后一个月，所以她的心情渐渐平复下来。

　　一个月后，艾丽如期地离开了公司，而密娜却从裁员名单中被删除了。主任当众传达了总经理的话："密娜的工作，谁也无法取代；密娜这样的员工，公司永远不会嫌多。"

　　你改变不了事情，那就改变你的心态。一旦你的心态改变了，一切就会跟着改变。

第五章 未提升的人性，是最大的不幸

如何选择正确的心态？

1. 检视你当下的心态。做任何事情都取决于你的心态，如果你带着抗拒心态，会觉得辛苦不堪；如果你带着欢喜心态，就会觉得开心喜悦。当做事情不顺心时，你要先检视自己的内心，可能是你的心态不正确。

2. 为你的态度负责。你要主动积极，还是怠惰散漫，你要打起精神，还是无精打采，自己是可以做决定的。既然是你做的决定，当然就要为结果负责。

3. 调整好心态。当不能改变一个情况时，我们能做的就是改变自己。改变自己就是调整好自己的心态，以一个积极的心态去处理事情。

第六章

正视弱点，
迎向转折点

PART 6

第一节

如果你都怀疑自己,谁会相信你?——没自信

什么是自信?为什么我们容易失去自信?

自信是指对个人能力、优势的自我肯定。通常我们对自己的长处、兴趣与擅长的事相对有自信,对自己的短处、不擅长或没把握的事特别没有自信。当你认为周围的人都很漂亮,比自己厉害,就会觉得没自信;但当认为身边的人都比自己差,这时你又变得自信了。

有时候我们完成一件事、达成一个目标,自己便会觉得信心十足,但过不了多久,遇到困难失误后,便很快又回到原点。当成绩进步、表现出色时,我们都会以为自

己"找回"了自信，后来成绩、表现乏善可陈，自信又不见了。有人夸你、肯定你："你很行！你最棒，一定做得到！"这种自我感觉良好的状况，我们最多持续3天。

自信一直处在不稳定的状态，时有时无、时多时少。就算各方面条件再好的人也是一样的，这些人遇到挫折也会失去信心，被打败了自信心也会垮掉。

自信，是你对自己的观感，而非真实处境

那么，你要怎样才能有坚定的自信？

所谓"自信"，从字面意思上来看，就是从"相信自己"而来，而你要相信自己，首先就得接纳现在这个不完美的自己；如果你都自我否定，还谈什么自信？

有自信的人，不是完美无缺的，而是有自知之明，不会轻易被别人的评价和判断所影响。相反，获得称赞也不会自负自满，因为你对自己很了解，不可能因为别人的眼光或说辞而改变事实。

有自信的人不是什么都擅长，而是了解"自己能做什么"，知道哪些是自己欠缺的，哪些是需要改进的部分。不自欺欺人，能面对自己的缺点，相信自己有能力克服，这种"自我肯定"的正向感觉就是自信。

我认识一位老师，虽然脚有残疾，却选择加入舞蹈团，她定期会举办公益表演，鼓舞和感动了许多身处低谷的人。有次在我们谈到如何在舞台上展现自信时，她说："我自信的由来，就是可以将自己没有自信的部分很自然地表现出来。"

自信并不是"实际的自己如何"，而是"对自己的感觉如何"，这是很重要的一点。就像有些人明明长相不错，能力又强，却没有自信；有些人长相普通，没有高学历，但说起话来胸有成竹，全身散发着魅力。

你越有自信，别人就认为你越有能力。我想起一句格言："你必须知道，人们是以你看待自己的方式来看你的。你对自己怜悯，人们则会报以怜悯；你充满自信，人们会带以敬畏；你自暴自弃，多数人就会嗤之以鼻。"如果你都怀疑自己，谁又会相信你呢？

不管别人怎么说，相信自己

以下有5个让你获得自信的实用方法：

1. 相信自己可以。自信是非常主观的，它是一种对自己的感觉。当我们对自己的感觉是正向的，便会产生自信；感觉是负向的，便没有自信。我们要拥有自信，哪怕是面临困难的处境时，极大的挫折都能让人起身奋力迎战；但是一旦没了自信，只要一点儿小小的挫折，就足以让人退缩、自卑。

2. 专注在自己的优点和长处上。电饭锅不能炒菜，但可以蒸包子、煲汤、煮饭、卤肉、做西式甜点。不要太担心那些自身不能做的，你只做那些自身能做的即可。把注意力和精力转移到自己最感兴趣和擅长的事情上，从中获得的乐趣与成就感将强化你的自信心。集中发展优点，缺点就会变得无关紧要。

3. 检视过去的成就。列出过去达成的目标、完成的重要成就，你能够瞬间恢复自己的信心。在失意时拿出这张清单，提醒自己你的能力比自己想象的还要强，现在的困境只是一时的，自己必定能渡过难关。

4. 用行动来证明自己。能做成多大的事情，就有多大的能力。不要让恐惧或自我怀疑影响你，你越害怕就越无法勇敢向前；积极面对挑战，能力才会不断得到验证。当克服重重考验，重新审视自己，发现自己如此优秀时，你必定会拥有自信。

5.假装很有自信。如果你心里感到害怕，就假装自己是勇敢的人；如果你觉得没有魅力，就假装自己很受人欢迎。同样，如果你想变得有自信，就以自信的心态、言行、姿态让自己看起来充满自信，打起精神，抬头、挺胸、微笑。久而久之，就不必再假装，因为你已变成有自信的人了。

知名的 TED 论坛上曾有一个演讲视频，点阅率排行高居全球第二，演讲者以自身的例子给了我们启发。

原本自信的演讲者，因一场车祸导致智力严重受损。这种打击让他对自己的能力、表现产生了强烈的怀疑和自卑。但他没有放弃。在导师的鼓励之下，他开始"假装自信"，以一种自信者的身体姿态来表现自己。一次次地面对挑战并取得成功之后，他真正地、发自内心地重新相信自己的能力了。

第二节
如果不试，怎么知道不行？——不敢冒险

为什么有些人一直都无法踏出第一步？

怕走出舒适圈，无法适应。

怕犯错会被嘲笑。

怕做不好会一无所有。

怕失败会一蹶不振……

你心中的恐惧早已战胜了渴望的声音。这是因为人的本性就是喜欢安全，远离危险，自从人类知道如何生存后，情况就一直如此。即使到了今天，许多人仍然选择谨慎行事，避免冒险和犯错；又因为自己犯错时会被批评、惩罚，

会被视为是差劲、可耻的，让人讨厌、不被喜爱的，所以跨不出第一步。

"只要有冒险就会有风险！"没错，但如果凡事都要十拿九稳，都要有完全的把握才愿意去做，那我们可能没有什么是能做的。

如果你已失败很多次，说明你勇于冒险

人们从出生、长大各有不同的风险，生孩子有风险，过马路有风险，交朋友有风险，投资有风险，就连睡觉也有风险——很多人都是死在睡梦中。人生中的风险无处不在。而且，不知道的风险又比你知道的要多。

你所谓的安全感，就像温水煮青蛙，越踏不出第一步，就越难踏出；你越犹豫等待，就越容易陷入危险中，不敢冒险才是最大的风险。

一位人力资源部的主管告诉我，每次在面试一些人时，他总会询问对方过去是否有过失败的经验。如果对方回答"不曾失败过"，他会认为对方不是在说谎就是没胆识。

冒险免不了犯错，但途中所带给你的经验会让你成长，

那些犯错的过程，不过是在提醒你："这条路行不通，换条路，再试试看！"

树枝的末端是很危险的，但所有的果实都长在那里。你要得到一些你从未拥有过的东西，就必须做一些从未尝试过的事。你的心中有梦吗？有没有什么事是你一直想去做的？你要趁着年纪还小，去尝试任何的可能。一个害怕犯错的人生，像是不曾活过的生命，总是原地打转，望而却步，然后一回首才发现，自己什么都错过了，这比起失败更可怕。

"Just do it."放手去做吧

我们每一个人都可以很平凡，也可以很不平凡——取决于我们有多大的决心，更取决于我们有没有踏出那一步。

常有人说："我也知道行动的重要性。可是我什么都不会，又没有经验，要怎么开始？"试问，有谁一开始就什么都会？说话、走路、写作、当父母、当主管，哪个人不是边做边学，先做了再学？除非尝试，否则没有人知道自己究竟能够做出什么成就。

破 局

　　拿我自己写书的例子来说，有次我计划很久想写一本有关"思考能量"的书，不料才开始动笔就遇到困难，因主题涉及许多不熟悉的领域而发愁，于是前去向一位前辈请教。

　　"你已有了好的构想，就该去做。"他说。

　　"但是这需要有足够的专业知识才能完成，而我并不懂。"

　　"去弄懂它！"前辈以坚定的语气回答道。

　　"对，就是去弄懂它。"还好有这几个字的激励，我那本书才得以完成。

　　有位社会活动家曾说："你不需要看到整个楼梯，只要踏出第一步。"即使对第二步路还不清楚，也不必担心，你只要踏出第一步后，慢慢会拨云见日。这就像一个人提着灯笼走在幽暗的山径里，在黑暗中虽看不见山径的尽头，灯光却足以照亮他的下一步。

　　"Just do it."放手去做吧！

第六章 正视弱点，迎向转折点

关于不可能，印度诗人泰戈尔曾说过一段对话：

"可能"问"不可能"道："你住在什么地方呢？"

"不可能"回答道："在那无能为力者的梦境里。"

人生有很多种可能，你要踏出第一步才有机会成为"可能"。你的下一步或下一个机会不会先出现在你的眼前，除非你勇敢踏出第一步。

你会发现，没有什么是不可能的。

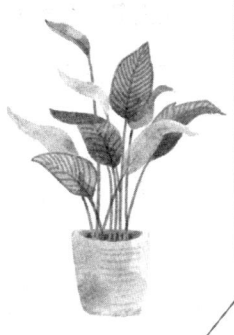

第三节
等我们觉察时，大多早已根深蒂固——坏习惯

一早要喝杯咖啡。

拖到很晚还不睡觉。

压力来临时大吃垃圾食物。

在无聊、烦躁时，常不知不觉地抖起腿来。

打开手机不自觉地上网，在社交软件上查看新消息。

以上行为，有什么共同点？不论你有没有察觉，这些行为都是出于一个具有深远影响力的东西，就是习惯。

据研究统计，人有接近一半的行为是没有经过思考，单纯靠习惯而做出的。有人一早就下床出门跑步，已持续

几年，是习惯；有些人动不动就生气，做事粗枝大叶，也是习惯。乱花钱是习惯，爱吃零食是习惯，抽烟、喝酒是习惯，懒惰是习惯，半途而废也是一种习惯。习惯之所以可怕，是因为在开始时常是不经意的，但是等到我们觉察时，大多早已根深蒂固了。

一旦养成习惯，就很难改变

以前我不是很认同"管教"这件事，总觉得教育孩子应该"顺其自然"，而不是管东管西。

有次聚餐，我旁边坐了一位老师。闲谈中谈起教养小孩的经验，她说："从小把规矩教好，长大就轻松了。"

我想想也对，行之已久，自成习惯。像坐姿礼仪、口腔卫生、做事态度或生活习惯等，开始有偏差时纠正还不难，一旦孩子养成习惯，恐怕积习难改。

习惯是怎么养成的？人的大脑犹如覆盖着白雪的山。现在，想象你踩在雪橇上，开始往下滑行。第一次，你根据山体的特征和自己的滑雪技术，会选择比较容易的路线。如果你整天都在滑雪，便会开辟出好几条路径，并且习惯性地滑这几条路线。渐渐地，路线上留下深深的印痕，你越来越不想离开这些路径去开创新的路径。

因为旧的路径快速顺畅，你已经习惯了在这些路径上滑雪。如果你想要换条路径，就得克制想寻求旧路径的冲动，然后慢慢地开辟其他新的路径。

就像英国一位作家所说："起先是我们造成习惯，后来是习惯造就了我们。"好习惯一旦养成了，一辈子受用；坏习惯一旦养成了，一辈子受害。

万事起头难，持之以恒更难

要如何改变坏习惯并养成好习惯？

一、开始建立习惯——持之以恒最重要

许多人常会高估自己的能力，企图进行自我改变，没过几天就坚持不下去了，这样不仅达不到效果，反而有损自信心。

最好能循序渐进：如果你要养成阅读的习惯，不妨先从每天一页或一个篇章开始。假如你想要养成运动的习惯，时间短没关系，每天做一点儿就会进步，重要的是持续不断。

二、改变坏习惯——让这件事变得更麻烦

如果你想要养成早起的习惯,把闹钟放在离床远一点儿的地方,让关闹钟变得更麻烦,或许能帮助你避免赖床。如果你想要戒烟,丢掉所有香烟、打火机,出门时,选择去禁止吸烟的场所或尽量选择坐在餐馆的无烟区。

作家雨果曾面临一个不可能的截稿期限。为了对抗拖延的恶习,他请助理把他所有的衣服都锁进一个大柜子里。除了一条大披巾,他没有东西可穿。因为没有能穿出门的衣服,他就只能待在书房里写作。结果,他比期限早了两周完成稿件。

三、养成好习惯——有明确的目标

在养成习惯的过程中,你不要纠结于"习惯的行动"本身,例如每天6点起床、走10 000步、一天少抽10支烟……你要清楚自身想达到的"目标"到底是什么?成果是什么?

以戒烟为例,你将开始感受空气的清新、食物的美味、身上不再有烟臭、牙齿变白、咳嗽痰液减少、皮肤变得有弹性,此外,你的呼吸功能及循环系统得到改善后,也会大大降低患癌以及中风的危险性。当你有了目标，便更有动力去达成。

四、除旧布新——用好习惯取代坏习惯

坏习惯不容易改掉，不如用好习惯代替它。例如，你想要养成读书的好习惯，试着将原本摆放零食的地方换成书本。当你想要吃零食的时候，就拿起这些书看个几页，不断重复这个过程。渐渐地，你不但少吃了零食，同时也养成了看书的习惯。

以前我有熬夜的习惯，之所以改变了，是因为考虑到了健康的因素。现在，我更喜欢的是早起有充裕的时间可以去运动，悠闲地吃早餐，或是写些文章，活力满满地去应对一天的挑战。我因为要早起，就必须早睡，所以熬夜的坏习惯也就改掉了。是不是一举两得？

在你改变习惯的初期，特别容易放弃。你不必要求自己做到最好，但求切实执行到位。

接下来是倦怠期，你一开始的那股热忱会慢慢消退，很容易半途而废。你最好能设定阶段性的目标，并在达成时给予自己奖励，这样会更容易坚持下去。

在最后阶段，由于你已经持续了一段时间，成就感逐渐平淡，好像继续做下去也没有特别的感觉。但你千万别放弃，因为这快变成你的习惯了。

有人说：第一次放弃是痛苦的，第二次放弃则较为轻松了，当第三次放弃时，你就已渐渐地把它当作习惯了。

一旦学会放弃，你就会习惯性地放弃。

第四节
真正让人无法相处的原因——自以为是

人际关系最忌讳的就是自以为是。

自以为是的人认为所有的事都要从自己的角度出发,总认为自己是对的。一旦有人的行为、观点与自己的天差地别,就难以忍受。譬如一个爱干净的人会看不惯邋遢的人,急性子会对慢性子发火。

自以为是的人很难接受别人的意见,所以难以沟通;因为只想要别人的理解,却没想过去理解别人,所以很难相处;因为坚持己见,所以常与人发生冲突,互不让步双方就会撕破脸。

自以为是的人还有个特征，就是很爱面子，就算知道自己错了，也会极力捍卫自己的尊严，原因很简单："一旦认同别人的观点，不就承认自己是错的了？一旦改变了，不就证明自己之前的做法不对？"这就是为什么自以为是的人很难改变，宁死不认错。

每个观点背后必有道理

每个人对同一件事情的看法不同，因为立场不同、角度不同，所以有所分歧，很正常。如果别人跟你一样，不代表这个观点是"对"的，只是观点相同；别人跟你的观点不同，也不代表这观点是"错"的，只是表示观点不同。真正的错误是把自己的观点强加于别人身上。

我们时常听闻夫妻之间为了挤牙膏等小事口角不断，也常听说男女双方个性不合导致争执和分手。事实上，双方观点不同、个性不合，不代表无法相处。真正让两个人无法相处的原因，是无法尊重不同的个性和观点。

你可以希望对方认同你的观点，但你不能否定对方的观点；你可以不认同对方做事的方式，但要尊重别人有自己的做事方式。你可以以理解代替批评，设身处地地从他人的立场去思考，思索他人的想法，感受他人的情绪，以便体会、理解他们的观点。如果大家都能这样做，想必可以大量减少冲突与摩擦。

有一对夫妻吵架，太太指责先生下班回到家就无所事事，只会靠在沙发上看电视、玩手机，也不听她说今天发生了什么事。但先生也有话说——他说自己整天上班已经身心俱疲了，回到家只想好好放松，这有错吗？他若还要专心听太太诉苦，那不是更累吗？

我们要记牢"每个观点背后必有道理"这句话。一般人不会无缘无故做出让别人厌恶的事，也不会故意让自己不好相处。有时候，那些看起来毫无道理可言的人们，只不过是与我们的观点不同而已。我们可以先假设对方有理，让对方的心情平复下来，双方再客观理性地看待问题。

你我看法不同，但你的观点和我的观点一样重要

美国一位声名远播的社会评论家，因为常在报纸上发表批判美国人生活方式的文章，所以不断地收到很多读者

第六章 正视弱点，迎向转折点

咒骂他的信件。

然而，这位评论家给每一位读者的回信内容都一样："你说的也许有道理。"简单的一句话，让多少潜藏的冲突消弭于无形。

环视我们周遭，想想所有我们认识的人中，最不友善的人就是那些自以为是的人——他们无法理解别人是以不同的方式看待世界。相反，那些了解"我的观点"不是"唯一观点"的人，总是最好相处的人。

你看到阿里山的日出、铁道，我看到阿里山的晚霞、森林，都是同一座山，你看到的风景和我看到的未必相同。同一件事可以这样认为，也可以那样认为，尽管你我看法不同，但你的观点和我的观点一样重要。

我喜欢喝茶，你喜欢喝咖啡，即使我们喜好不同也没有影响，尊重、接受就好；关键是不要自己喜欢喝茶，就看不惯不喜欢喝茶的人，还强行要求别人必须喜欢。

如果你与人发生冲突，问自己以下问题：这个冲突是怎么来的？是不是观点不同造成的？

如果你不再执着于自己的观点，这个冲突会发生吗？你还会那么生气吗？

你与人争论的时候，要问自己：到底哪一个比较重要？是我的观点，还是我跟这个人的感情更重要？

在争论中是没有赢家的，只会让双方更加坚持自己的立场。就算在争论中占据了上风，你还是输了。因为你已渐渐失去了你们的情谊，失去了别人对你的好感，失去了别人对你的尊重，别人还会对你心生怨恨。

第五节
看清别人易,认清自己难——不反省改过

优秀的学生需要具备什么条件呢?要有自我反省的能力。

好的伴侣需要具备什么条件呢?要有自我反省的能力。

好父母、好主管、好员工、好朋友、好孩子,需要具备什么条件呢?没错,要有自我反省的能力。

如果你问我,我将很肯定地回答:人非圣贤,孰能无过。犯错不必太自责,但必须有自觉,有自觉才会自省,我们才能不断进步,越来越好。

孟子不止一次讲到"行有不得,反求诸己"。人往往意

识不到自己身上存在的问题，就像眼睛看不到自己的睫毛。自省就是省察自己的言行，检讨自己的缺失，提醒自己不犯同样的错误。反之，不愿认错，不断替自己的过失辩解，就不可能有任何改变，因为问题都出在别人身上，你有什么办法呢？

有位女主人对来应聘的女佣说："你能做得长久吗？我看你已经工作过不少地方了。"

女佣："是的，太太。但离开那些地方，都不是我愿意的呀！"

各位认为，她改变的可能性有多大？

认错可以修正错误，还可以修补关系

这个故事许多人应该都听过：

山上有两座庙，甲庙的僧人经常吵架，互相敌视，生活痛苦；乙庙的僧人，一团和气，个个笑容满面，生活快乐。

于是，甲庙的住持便好奇地前来请教乙庙的僧人："你们为什么能让庙里永远保持愉快的气氛呢？"

僧人回答："因为我们常做错事。"

甲庙住持正感疑惑时，忽见一名僧人匆匆从外归来，走进大厅时不慎滑了一跤。

正在拖地的僧人立刻跑了过去，扶起他说："都是我的错，把地擦得太湿了！"

站在大门口的僧人也跟着进来懊恼地说："都是我的错，没告诉你大厅正在擦地。"

被扶起的僧人则愧疚自责地说："不！不！是我的错，都怪我自己太不小心了！"

前来请教的甲庙住持看了这一幕，心领神会，便知道答案了。

人都想要顾全自己的"面子"，往往很难拉下脸承认错误。其实认错表示我们是有勇气、有担当、肯负责的人，表示我们够谦逊，没有自负到不愿认错。当我们放下身段认错，可以修正错误，还能修补关系，增进人与人之间的感情。

当承认你的错误时，你已经做对一半了

这是我多年前学到的经验。当时我开车载着孩子去看表演,担心时间赶不上,见绿灯方向的车流已过,路口也没车,心急之下就闯了红灯。当时,孩子对我说:"老爸,你没看到红灯吗?"我自知理亏,于是向孩子道了歉:"因为怕迟到,闯了红灯,对不起,我不应该违反交通规则!"

我承认,开始时很难启齿,但这些年,在向孩子道过几次歉后,发现这么做并不会损及父母的权威,还会建立彼此之间的信任和情谊。孩子可以放心地对我说真话,因为知道我不会恼羞成怒、破口大骂——当他们犯错时也不会否认、找借口。

"当承认你的错误时,你已经做对一半了。"我总是这样告诉孩子,"当你知道自己错了,并及时改正过来,这又做对了另外一半。"

我曾读到钟宪瑞教授的一段话:"汉武帝知错、认错、肯改错,创造后代再起的机会;晋武帝知错、认错、不改错,枉费他在任所做出的些微成效,更祸延后代;乾隆知错、不认错、不改错,浪掷顺治、康熙、雍正几代的积累,让后代走向衰弱;崇祯智不足以知错,立遭横祸。"我对此感触很深。

北宋宰相文彦博每天会检视自己的行为,做了一件善事便在缸里放一颗红豆,做错了事便在缸里放一颗黑豆,每天这样反省自己,日子久了,缸里的红豆就越来越多了。让我们每天睡前花点儿时间自省吧!

破 局

> 犯错要能"知错"：自己做错了什么？本来可不可能避免？从这次经历中学到了什么？下次应该有什么不同的做法？
>
> "认错"是表明我们有改变的意愿，并可启发别人做出好的改变。
>
> "我可能错了，你才是对的！"假如你在与人辩论或是争吵后，说出这句话，结果会如何？是不是大大消除了现场的火药味，快速终止争执？
>
> "我很抱歉让你有这种感觉。""希望你能原谅我！"如果有人这样跟你道歉，是否让你比较释怀，有助于平复愤怒的情绪、修复关系呢？
>
> 最后就是"改过"，你要从错误中吸取教训，从错误中学习，错误将利多于弊。

第七章

你自己要好，
这世界才会更好

PART 7

第一节
这辈子就只能这样——倦怠和无奈

一位读者问:"我是20世纪80年代生人,进入职场不算长也不算短的时间,最近常觉得生活无趣。我对每天重复的日子感觉乏味倦怠了,有时候很担心自己是不是一辈子就只能这样了。"

是谁说你就只能这样了?人生就是一连串的选择累积而成的。大部分的人都在不知不觉中"做了"选择,而不自知。因为什么事都不做,其实就是一种选择。

我给的答案很简单,你要不"去喜欢",要不"去改变"。你可以选择换工作,改变生活,认识新朋友,培养一些兴趣，参加有趣的课程——选择不同的心态去面对生活，其实你拥有的选择远多于自己的认知。

你的生命是什么样子，是因为你选择了要那个样子

有一部喜剧电影叫作《今天暂时停止》，又名《土拨鼠日》。

主角菲尔是一位气象播报员，每天除了给观众做天气预报外，每年的2月2日还要奉命到一个小镇上报道当地颇负盛名的"土拨鼠日"盛会。

其实，菲尔对这一节日相当厌烦并开始对工作感到倦怠。他例行公事地完成报道后，便急忙地想返回家里，却因一场突如其来的暴风雪耽搁了。

第二天醒来后，菲尔意外地发现时间仍然停留在前一天的土拨鼠日。无论这一天是怎么过的，隔天他都会再度回到2月2日，昨日的一切重新上演。他陷入了惊讶、烦闷、懊恼、抑郁、绝望和无奈之中。

后来，他幡然醒悟，反正日子还是要继续"重复过"，那不如利用这项优势，让自己充实一点儿。于是他开始学习各式各样的事情，如语言、文学、钢琴等。他不再迫不及待地想逃离这个让他厌恶的日子，而是选择改变自己。他也开始去帮助别人、关怀身边的人，主动对陌生人施以援手，改善周边的人际关系。

到了最后，他成了一位多才多艺、乐于助人的大好人，而且还抱得美人归。就在他终于获得女主角青睐的这一晚，诅咒解除了。他终于摆脱了这一切的束缚，迎接美好的"明天"。

不管生活中发生了什么事，对我们而言都是一个新的机会。你要选择摆张臭脸，或是报以微笑？要选择哀怨自怜，或是另寻出路？关键不在于你经历了什么，而在于你选择如何面对。

有人单亲家庭出身，所以自暴自弃，也有人因此奋发向上；有人出身家暴家庭，于是决定终身不成为施暴者，也有人认为自己变成施暴者是没有办法的事。我曾听过一位从监狱出来的人的感言："现在我终于明白是我的选择让我入狱，是我的选择让我出狱，也是我的选择让我今后不再入狱。"

你的生命是什么样子，所处的状态就是什么样子，因为你选择了要那个样子。我记得有一位忧郁倾向的患者，朋友劝他去度假，转变一下心情。他对朋友说："没有用的，无论在哪里，我都没有办法快乐！"

还有一位癌症病人，被医生告知只剩一年可活。她做了选择，只要还有一口气就要尽量去活。她到世界各地旅游、玩乐。幸运的是，现在她已多活了好几年。

既然能够做比较好的选择，为什么要选比较差的呢

我跟你们分享一位作家说过的一段话："人一生中与真理之间的关系，很像一个在黑暗中赶路而前面有灯光照着的人。他无法看见那些没被灯光照亮的地方，没有看见也没有能力改变自己与灯光、与黑暗的关系。但是，他无论站在道路的哪一边，都能看见那被灯光照亮的地方。他也永远有自由去选择站在道路的这一边或是那一边。"

认为自己"就只能这样"，以为自己没有选择的时候，其实你还有其他选择，只是还没看见这些选择而已。就像在一个房子里，你坐在漆黑的角落里，什么也看不到。但如果你选择坐在窗户旁边或走出门外,将看到光亮。

人生都是自己的选择。我并不是说做选择是容易的,而是你永远可以有所选择,既然能够做出比较好的选择,为什么要选比较差的呢?

现在的生活是你的"最佳选择"吗?

生活不顺心时,你问问自己:是谁选择了这种生活?

接下来你就想想:我为什么要选择这种生活?

心情不好时,你不要再埋怨某人或某事让你不快乐。你要问自己:为什么我要选择不快乐呢?

如果你能专心观察自己当下的选择,就不会总怀疑生活怎么会变成这副模样。

第二节
这是个问题,还是个机会?——悲观消极

有一个测试:你正在银行提款,一名蒙面男子出现,用枪指着你要钱。在逃离之前,为了吓唬群众制止追捕,歹徒举枪四面扫射,一颗子弹打中了你的手臂。你到底是幸运还是不幸呢?假使你是个悲观的人,会说:"真是运气不好!如果我早5分钟或晚5分钟到,就不会碰上这样的麻烦了。而且,我还是唯一受伤的人。"然而,假如你是个乐观的人,会庆幸地说:"好险!只差20厘米就是心脏!"

这两个答案反映了相反的心态:乐观的和悲观的。《半杯水》的故事想必大家都耳熟能详了,乐观者会往正面

想:"还剩半杯水!"悲观者则会往负面想:"只剩下半杯水了。"

乐观使人生之路越走越宽,悲观使人生之路越走越窄

乐观者跟悲观者最大的差别在于看事情的角度不同。譬如打开窗户看夜空,有的人看到的是星光璀璨,夜空明亮;有的人看到的是一片黑暗。进到牧场,有的人看到有好多头牛;有的人却看到好多的牛粪。这是何等的不同?

当我们遇到一个问题时,乐观者说:"如果我愿意,就能办到。"悲观者说:"我办不到,还是放弃算了。"乐观者在问题中看到了机会,悲观者则在机会中看到了问题。

当我们遇到一件坏事时,乐观者觉得:"人生总有不如意的。"悲观者则会觉得:"我怎么老是这么倒霉。"悲观的人把好事一般化,乐观的人则把坏事一般化。

当我们遇上挫败时,乐观者相信:"厄运很快就会过去,人生还有无限希望。"悲观者认为:"大势已去,人生前景暗淡。"乐观使人生的路越走越宽,悲观则让人生的路越走越窄。

"不过,乐观一定是好的吗?"当我们鼓励人们用积极的态度来面对困难时,总有人质疑,太乐观是否不切实际?其实,好事与坏事都会发生在每个人身上,选择若聚焦于负面事物,我们将强化负面和弱化正面的事实;选择聚焦于正面事物,则赋予正面事物更强的力量,从而创造出更好的事实。

聚焦于正面事物并非不认清事实,忽视问题和挑战,而是务实,不忽视正面的部分,因为正面和负面事物都是事实存在的。乐观积极可以帮助我们转换心情,在面对困局时弹性看问题,不轻言放弃。

永远不要放弃寻找事情的光明面

我们该怎么做才能成为乐观者?

我在这里分享3种简易方式,希望能帮助你重塑思维,启动乐观思考的模式:

1. 微笑面对生活。笑容是具有感染力的,你每天一早起床就笑,对家人笑,对迎面而来的人微笑,不久就会发现,周遭的人也开始对你笑。当你乐观开朗时,周围就容易聚集开朗的人，周围聚集着开朗的人，你的生活也会充满快乐。

2. 看见拥有，学会感恩。多留意你周遭点点滴滴的美好，去寻找值得你感激的部分，然后将这些写下来：身体健康、家庭和睦、活泼的儿女、两只可爱的猫咪、许多关心你的朋友；或是期待的聚会、向往的旅游、舒服的床……你每天晚上临睡前，想想今天最美好的事情是什么？你今天一整天最感谢的事是什么？今天最令你感谢的人是谁？如果每天都这么做，两个月后，你将是一个完全不一样的人。

3. 凡事从正面看。任何糟糕的事也有好的一面。把正向思考带入你的日常生活中。

例如：

青菜有很多虫，好的一面是没喷洒太多农药。

主管要求很高，好的一面是帮助自己学习进步。

责任越来越重，好的一面是你越来越重要。

餐厅料理难吃，好的一面是吃得少有利于减肥。

爱人移情别恋，好的一面是不爱你的人走了。

失意落魄潦倒，好的一面是你可以看清谁才是朋友。

今天家里停电，好的一面是你可以把冰淇淋都吃掉。

在最糟糕的情况下你也能看到好的一面，这就是乐观。你永远不要放弃寻找事情的光明面，就算有时候有点儿困难，也要试着去寻找美好的一面。

破局

当白昼来临时,黑暗去了哪里?

当你眉开眼笑时,愁眉苦脸去了哪里?

有效消除内心的不愉快的方法,莫过于把注意力放在愉悦的事物上。

找张纸在上面写出:"我喜欢……因为……""我开心……因为……"。

你可以在前面的省略处填入某个人、某件事或某个想法,然后在后面的省略处写下你喜欢和开心的理由。经常练习正向思考使之成为习惯,你就会成为乐观开朗的人。

第三节
等以后,生命已经过去——错过人生

在每个人的内心似乎都有个美丽的地方,在那里风光明媚、景致宜人,而且等我们到达时,许多梦想都将成真,从此过着幸福快乐的生活。于是我们不断地等、等、等。

我们说:"等我毕业""等我通过考试""等我找到工作""等我晋升""等我赚够了钱""等我退休以后"……我们想做的事、想过的生活、答应过的承诺,就这样一再延后,然而父母一天天地老去了,小孩也一天天地大了,生命也一天天地消逝了。逝去的时间无法挽回;失去的人生也永远不再。你为什么要等以后呢?

古罗马一位哲学家说:"当我们等着要去生活的时候,生命已经过去了。"如果你听过许多老人讲述自己的人生,就会听到每个背景不同的人用相似的话来描述自己的人生经历,其中最常听到的一句话就是"时间过得好快"。一位老先生告诉我:"当你还很年轻的时候,70年看起来好像很久。但在活完这段时间之后,你会觉得那不过是一瞬间。"

人生不是追求幸福,而是在追求中活出幸福

《活在当下》一书中有这样一段话:

"起初,我想进大学,想得要死。

"随后,我巴不得大学赶快毕业。

"接着,我想结婚,想有小孩,想得要死。

"后来,我又巴望小孩快点儿长大去上学,让我回去上班。

"之后,我每天都想着退休,想得要死。

"现在,我真的快死了。

"忽然间,我明白了,我忘了真正去活。"

第七章 你自己要好，这世界才会更好

人生，不是在计划生活，而是要去真实地生活。"真正的生活"就是现在。不管我们在哪里、做什么，真正的生活就是当下正在发生的这一刻。我们无法活在其他时刻中。过去已过去，未来还没有来临，你不可能活在其中。即使等那一刻到来时，事情和你计划中的往往也不一样。

从前有一个贫穷的人，想请亲友来家里做客。他想了很久，决定用牛奶来招待他们。因为时候未到，他担心若先将牛奶挤出来积存于木桶中，到时牛奶恐怕会变酸、坏掉，于是便想了个主意，将牛奶暂时存放在母牛的肚子里，等到宴会时一次挤出，又多又新鲜，岂不甚妙？他打定了主意，便把母牛和那只还在吃奶的小牛隔离开来，牛奶也不挤了。

谁知真的到请客的时候，牛奶却一滴也挤不出来，他和宾客只好望着空碗叹息了。

我们为未来做准备，为孩子做准备，为事业做准备，为退休做准备，自己却忘了享受当下。其实，幸福可以在任何时间和地点发生，美好的事物也随时随地会找上门，并非真的要等到特定日子才会出现。将希望寄予以后，我们不知失去了多少可能的幸福。

"享受活着",就是这趟旅程的目的地

"如果知道自己快死了,你会做些什么?"听起来很悲观的一句话,却是正向积极的好问题。这句话提醒你自己要搞清楚:什么才是对自己真正重要的?想要和谁共度最后的时刻?你想做的事都做了吗?有什么没做的让你感到遗憾的事情?

我把前同事给我的留言做成了书签,上面写着:"等下周一见面再说。"那是星期五,他临时有事,跟我的助理留了这句话。星期天的晚上他心脏病发作去世了,他的人生永远没有下周一了。

每一天,都不是必然会到来的一天。你要及时去做那些让自己觉得开心或是让你所爱的人觉得幸福的事。不用等到你"功成名就",才开始好好过日子;不要等到你"可以松口气",才开始享受人生。生命是不等人的。

戴尔·卡耐基曾写道:"我认为人类很悲哀的地方就是,我们都期望将来再去好好过活。梦想着要去看地平线彼端的那座神奇的玫瑰花园,却不肯好好欣赏现在就盛开在我们窗户外头的那丛玫瑰。"

生命是一趟旅程，但它并没有目的地，如果有的话，那就是墓地。"享受活着"，就是你这趟旅程的目的地。所以，在旅途中，你可以多驻足欣赏沿途的风光，关心陪伴在身旁的人，感知幸福的那颗心——美丽之地在那里。

破 局

人们经常说:"如果人生可以重来,我希望……""如果能再年轻一次,我就去做……"他们为什么这么说呢?就是因为他们错过了那时想做的事。

你如果因人生可以重来而想做点儿不同的事,那现在过的就不是想过的生活。

你可以这样问问自己:当生命终了时,你会不会希望自己曾经是以另一种方式过活?那你为什么不现在就这么过呢?

人到了一定年纪,常遗憾自己错过了什么,期待完成未了的心愿。只可惜你想归想,就算有机会实现也人事皆非了,你的心境和感受也都截然不同了。

这辈子最好的时间就是现在,你好好珍惜和把握吧!

第四节
人的不幸就在于不知自己幸福——不满足

什么是满足,什么是不满足?

有人只要能温饱就心满意足,有人过着锦衣玉食的生活仍不满足。有时,虽然我们没有要求,也没有寻找什么,幸福却降临在自己的身上;有时,我们才刚得到想要的东西,又兴起了追下一个目标的念头。

简单地说,满足就是看见拥有的,不满足就是想要更多。以前我的文章被刊载于报纸、杂志上,我就会很开心,后来我的目标是能成为出书的作家就满足了,然而当目标真的实现了,我的想法马上就从"成为一名作家我就会满足"转变成"如果能成为一名畅销书作家，我就满足了"。

我们常以为，若能获得更大的成就、更多的钱、更高的职位、更高级的享受……就会满足。其实，不满总是存在于我们的心里，因为人的欲望是不可能被满足的，因为欲望的本质就是不满足。

一个欲望的满足，往往象征着更多欲望的滋生

你是否观察过，你的欲望从何而来？看到同学买了新手机，那是最新的款式，你就产生了欲望。看到你的亲友买了名牌包，你又心动了。看到一辆车，为它的炫酷感到惊艳，你便开始想象开着它的景象，想象别人看到会怎么说，自豪感便油然而生。也许家里已经有了车子，也许自身并没有足够的钱，但你会一想再想，你的欲望就是这么来的。

"只要渴望的东西距离我们还很遥远，我们就会觉得它的地位高于一切；一旦得到了它，我们就会想要别的东西，生命中这样的渴望让我们不得安宁"，一位古罗马哲学家确切地指出了这一点。一个欲望的满足，往往象征着更多欲望的滋生。

还记得你的第一辆新车吗？你还记得初次开着那辆车的兴奋之情吗？后来呢？大家应该很清楚接下来的情况：一段时间后，你开车时，再也没有任何兴奋或快乐的感觉了，对吗？

我们可以在每天的生活中看到自己新的欲求：一件新衣在刚得到时爱不释手，一段时间之后却不感兴趣了；金榜题名，加薪升职，买到新鞋或新衣……这些都曾让我们雀跃不已，但是很快就又有了新的欲求。

古希腊哲学家苏格拉底在谈到快乐时认为，物质欲望的满足像是将水倒入会漏的筛子里，你永远无法装满它。如果欲望还在，就不可能快乐。欲望没有被满足的我们就会感到痛苦，满足了欲望的我们一样会感到痛苦，更多欲望的产生就意味着有更多的不满。

当你知足，就不会有那么多欲望

一位哲学家见多识广、博学多闻。当他 80 岁高龄时，有人问他："谁是世上最富有的人？"他斩钉截铁地说：

"知足的人。"

  一个人觉得穷,不是因为他缺少了什么,而是因为不知足;人感到富有,不是因为他拥有了什么,而是因为很满足。大人很难快乐,因为他们什么都有,所以"没什么"值得他们快乐;小孩比较容易快乐,因为他们什么都没有,什么都可以使他们感到快乐。

  看看你柜子里的衣服、鞋子、饰品,你可能觉得还缺了什么。但比起你在学生时代所拥有的,现在已经多出很多了。你为什么还不满足?因为你的心已经不在拥有的东西上了,你一直在寻找那些你没有的。结果,你越去想自己欠缺的东西就越沮丧,而越沮丧就越会去想欠缺的。于是你变得不满,总是抱怨,这如何能感受到幸福?

  拥有你想要的东西是莫大的幸福,但更大的幸福是不去想那些无法拥有的东西。你不要总是用"要怎么满足"的方式来思考,而要思考"为什么我有那么多的欲望"。如果你的欲望让你不满,你要做的应该是控制欲望,而不是设法满足它们,不是吗?

满足在哪里？就在你的心里。有人到远方寻找，花无数的钱去买，然而秘诀是先让自己满足起来，你的内心自然会感受到。

什么会让你感到幸福？就是你晨起喝一杯茶，闻到刚出炉的面包，看着小孩子的笑脸，看到色彩斑斓的蝴蝶，在山上健行，在林中漫步，躺在草地上感受微风吹拂，观赏夕阳的余晖，仰望如钻石般的繁星……幸福就在身旁，你欠缺的只是用心去感受。

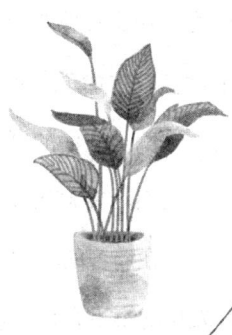

第五节
人会受苦的最大原因——抗拒真相

在这个世界上,没有任何事是完全按照个人的意愿来进行的。世事无常,人生不如意事十之八九。我们满心期待,却事与愿违;我们担心害怕,但它还是发生了;我们以为一切都在掌握之中,但因一场突如其来的意外就打乱了计划。生命就是如此,无论我们愿意接受还是不愿意接受,这就是生活的真相。

人们活在痛苦中,原因就在于抗拒真相。你只要留意一下,在痛苦的时候,你的内心发生了什么变化:是不是眼前发生的事不合你的意,事情没有照你所想的方式发生?又或是你没得到想得到的，失去了不想失去的？所以你感到挫折、懊恼、愤怒、悲伤、沮丧，对吗？你心里越抗拒，感受到的负面情绪就越严重。人们痛苦的来源大多如此。

然而，谁承诺过你的人生一定会一帆风顺？是谁告诉你，哪件事是好事或坏事？你是否质疑过自己，凭什么你认为不好的事就不应该存在？

人生的苦难无法避免，受苦却是不必要的

事实就是事实，它跟我们的好恶无关，也跟苦乐无关，这都是我们自己的论断罢了。真正存在的只有真相，当你把它视为"坏的"，往坏处想，接下来，便开始带着负面的情绪，认为这种情况根本不应该发生；而当不应该发生的事真的发生了，它才会变成你的痛苦。

这就好比白天与黑夜。有白天就会有黑夜，如果讨厌黑夜，你将是痛苦的。黑夜并不会带来痛苦，是因为你的内心抗拒黑夜，所以你才会痛苦。

接纳就是看清真相，看到本质。有时你的遭遇确实很难熬，现实很残酷，可这就是人生啊！不要把磨难当成敌

人，磨难是来丰富我们的人生的。想想，如果你未曾经历磨难，如何成长？若世事没有变化无常，你的生命怎么可能会精彩？若人生没有艰难险阻，你又如何体验真实的人生？

所以，不要去做判断，也不要去做选择，因为你不知道事情为何会发生，也不知道它会带来什么样的后果。今天我们认为不幸的事，到了明天或后天可能就扭转了我们的生命历程——逆境反而会帮助我们扭转局势；我们想要避免的，也许是机会所在；让我们远离幸福的，也可能使我们更靠近幸福。

人生的苦难无法避免，受苦却是不必要的。一旦你能理解生命中发生的一切及生命本身的过程，你的苦也随之烟消云散。就像许多母亲历经生产过程的疼痛，同时，通过这个历程，也体会到生命强烈的欢喜、感动。

在内心深处，也无风雨也无晴

去喜欢你眼前的生活，接纳一切，这就是臣服。臣服并不是改变真相，臣服改变的是你。当你转变了，你的整个世界或许也跟着改变了。因为，你已经不同了。

一位诗人曾说："人生有喜有悲，一旦我们能体认这一点，就能无灾无难过一生。"一个人生命圆满与否，就在于他是否愿意去体验这一切——高峰低谷、成败得失、酸甜苦辣、悲欢离合、生老病死……你越是接受生命中的不圆满，内心的不满就越是无从产生。接受无常，你便晓得苦不会是永远都苦，乐也不会是永远都乐，这些都只是暂时的。就因为人的生命是短暂的，所以我们要洒脱、豁达。

你不去抗拒生命，就会活在轻松自在里；全然接纳当下，你的心就会平静下来。人生如同天气总有风雨阴晴，但在人们的内心深处，也无风雨也无晴。

破 局

人生绝不可能尽如人意,如果我们要求"事事如意",只要是不合意的,就会变成问题。要想厘清问题,你可以这样问自己:为什么我认为这是问题?别人是否也有同样的问题?

想一想,你为某事困扰,但别人并没有这个困扰,这个"有问题的人"是谁?

如果你试着全然接受,不再抗拒,那么它就不再是个问题,它只是个事件而已。所谓的"问题"也就不存在了,对吗?